하늘나라
풀밭으로

중앙 청소년문고

하늘나라 풀밭으로

우봉규 글 | 양상용 그림

(주)중앙출판사

차례

달의 눈물방울

바람이 불었다.
바람이 불었다.

아스라이 펼쳐져 있는 사막 저편에는 사람들의 뼈가 여기저기 흩어져 있었다. 동쪽으로 가면 맑은 물이 샘솟는 낙원이 있다는 꿈 같은 이야기에 수많은 사람들이 초원과 사막 한가운데로 사라지고 말았다. 낙타와 함께 쓸쓸히 돌아오는 사람은 운이 좋은 편이었다. 사시사철 맑은 물이 흐르는 푸르른 땅을 찾던 사람들은 굶주림과 목마름, 모래 폭풍으로 소식이 끊기고 말았다.

그러나 초원 저쪽으로 사라진 사람 중에는 정말 그들이 원하던 동쪽 해 뜨는 나라를 찾아갔다는 소문이 바람결에 실리어 오기도 했다. 그렇지만 누구도 그것을 확인할 길은 없었다. 해 뜨는 나라 동쪽의 낙원을 찾은 사람은 한 사람도 돌아오지 않았기 때문이었다. 그래서 사람들은 몇 세기에 걸쳐서 동쪽으로 떠났다.

어디가 어디인지 모르는 광활한 초원 한가운데의 소루 부족. 그들이 살고 있는 곳은 초원의 중앙, '달의 눈물방울'이었다. 그곳은 아직까지 물이 있었다. 달의 눈물방울은 까마귀의 울음소리도 들리지 않고, 질병도, 괴로움도, 늙음도 없는 곳이었다는 전설이 내려왔다. 그만큼 물이 많았기 때문이었다. 그러나 지금은 조금 남은 물조차 말라 가고 있었다.

나무도, 물도 없는 대초원. 어디를 가도 반겨 주는 것이라고는 독수리뿐이었다. 이곳은 이제 검은 바위, 늑대의 골짜기를 따라 낙타 떼와 성긴 풀만 보이는 황량한 초원이었다. 이곳에서는 누구나 먹이를 찾는 늑대처럼 가시나무와 엉겅퀴가 빽빽이 난 땅 위에서 땀을 흘리며 먹을 것을 찾아야 했다.

멀리 신기루가 오아시스처럼 푸르게 나타났다가도 가까이 가면 문득 사라지곤 하였다. 그래서 이곳 초원의 부족이 아닌 여행자들은 그 신기루에 현혹되어 길을 잃고 죽음을 맞이하기도 하였다. 그래서 소루 부족 사람들 사이에 이런 노래가 떠돌았다.

어느 날
겨울이 오고
어느 날
어두운 밤이 오고
어느 날
눈이 내리면
돌아갈 거야.
돌아갈 거야.
하늘나라 풀밭으로.
하늘나라 풀밭으로.

푸르고 푸르른 곳, 하늘나라 풀밭은 그들이 죽어서라도 가고 싶은 곳이었다. 그러나 불행하게도 초원 지역에는 소루족 말고도, 어느 날 이 지역으로 쳐들어온 잔인한 사라안족도 살았다. 그들은 얼마 되지 않는 푸른 풀밭과 맑은 물을 독차지하기 위해서 소루 부족은 물론이고, 근처의 다른 부족들과도 끊임없이 싸움을 벌였다. 한 부족이 다른 지역을 차지하여 이동하면 또 다른 부족이 그 지역을 차지하면서 초원은 점점 전쟁터로 변해 갔다.

여러 부족이 서로 피나는 싸움을 하면서도 초원을 떠나지 못하는 것은, 그래도 아직 봄가을에는 비가 내렸고, 그 덕분에 크고 작은 가축들이 목초지에서 풀을 뜯을 수 있었기 때문이었다. 또 상인들이 이 지역을 지나며 장사를 벌이기도 하였다.

초원의 가장 잔인한 부족, 사라안족은 어디서 어떻게 왔는지 도무지 알 수 없는 부족이었다. 어떤 이들은 그들이 지옥에서 왔다고 하고, 또 어떤 이들은 그들이 세상에서 가장 깊은 바이칼 호수 밑에서 왔다고도 했다. 그만큼 그들은 잔인했다. 그렇지만 그들의 정확한 정체를 아는 사람은 없었다.

지금부터의 이야기는 소루 부족, 동쪽 해 뜨는 나라의 모든 부족에게 전설이 된 어머니와 그 아들, 그리고 그들의 사랑하는 연리의 이야기다. 그 어머니의 이름은 이안이었다.

이 이야기는 사라안족이 서쪽 지방에서 다른 유목민들을 몰아내고 북쪽으로 침입하던 그 시기로부터 시작된다. 사라안족은 초원을 손에 넣고 오랫동안 그 지역을 장악하면서, 그들이 지배하는 영토를 늘리고 더 많은 노예들을 얻을 목적으로 끊임없이 전쟁을 일으켰다.

그들은 갑자기 쳐들어와서 '달의 눈물방울' 초원 근처의 지역에서 사람들을 닥치는 대로 잡아갔다. 그러나 낯선 침략자들에 대한 다른 부족의 저항은 점점 드세어졌고 싸움은 격렬해지기 시작했다. 그런데도 사라안족은 그들이 빼앗은 땅을 포기할 생각은커녕 넓게 펼쳐진 초원에서 그들의 세력을 확고히 하는데 혈안이 되었다. 다른 부족들은 살기 위해서 사라안족과 맞설 수밖에 없었다. 부족 전체의 목숨을 건 싸움이었다. 사라안족에 저항하는 가장 용맹한 부족, 그 부족이 바로 소루족이었다.

소루 부족.

인구는 적었지만 어느 부족보다 강한 부족이었다. 흰 비단천과 흰 옷을 즐겨 입는 부족, 무엇보다도 그들은 초원 제일의 활을 만들었고, 화살을 제일 잘 쏘았다. 소루는 '화살을 잘 쏘는 사람들'이라는 뜻이었다.

소루족 이안의 가족은 세 식구였다. 그녀와 남편 몬라이, 그리고 아들 세인. 세인은 소루족 말로 '눈보라'라는 뜻이었다. 눈보라 치던 날 낳았기 때문이다. 세인이 태어난 날은 그야말로 사방을 분간할 수 없는 엄청난 눈보라가 퍼부었다.

하늘이 새로운 세상을 만들고 있을 때, 하필이면 그때 초원에서 부상을 당한 누마족이 찾아왔다.

누마족은 소루족이면서 초원의 방랑자들이었다. 그런데도 소

루족은 절대로 누마족을 만나서는 안 되었다. 누마족을 만나는 소루족은 마을에서 사막으로 쫓겨나야 했다. 부족과 떨어져 사막으로 쫓겨나면 십중팔구는 살아남지 못했다. 그것이 대대로 내려오는 소루족의 율법이었다.

그날 이안의 집에 찾아온 누마족 또한 세 식구였다. 가장은 피를 많이 흘리고 있었다. 붉은 피가 하얀 눈밭에 뚝뚝 떨어졌다. 몬라이는 창을 들고 천막집을 지키고 있었다.

"나가시오!"

"살려 주시오."

붕비나무 창을 든 몬라이는 고개를 흔들었다.

"거절하면 우리 가족은 모두 죽습니다."

몬라이는 잠시 멈칫했지만 이를 악물고 말했다.

"용서하시오."

그러나 누마족 가장은 울먹이며 간청했다.

"우리는 여기서 한 발짝도 움직일 수 없소."

마지막 안간힘이었다.

"빨리 여기서 나가시오. 그렇지 않으면 우리 부족 사람들에게 죽을 것이오. 당신들만 죽는 게 아니고, 우리도 죽소. 잘 아시지 않소? 더구나 지금 내 아내가 아이를 낳고 있소."

"그건 잘못된 옛날의 일이오. 지금 같은 눈보라에 사람을 초원으로 내모는 것은 사라안족 밖에 없소."

가장은 애타게 말했다.

"난 소루족의 전사요……."

몬라이가 그렇게 말했을 때 가장의 눈동자가 흔들렸다.

"자네는?"

아! 언제인가, 아득한 날, 몬라이와 누마족 가장이 11살 되던 해. 바로 그 얼굴이었다. 목숨까지 나눌 수 있었던 또랑 동무. 몬라이는 주춤 뒤로 물러섰다. 누마족 가장의 얼굴에 미소가 번졌다.

"자네구먼. 몬라이!"

그러나 몬라이는 그 친구의 이름을 부르지 못했다. 친구는 지금 엄연히 누마족인 것이다.

"난 자네를 모르네."

몬라이가 억지로 말했다.

그러나 가장은 고개를 흔들었다.

"몬라이, 자네가 나를 모를 리 없지."

가장은 울고 있었다.

그렇지만 몬라이는 눈물을 참았다. 그는 누마족의 삶을 누구보다도 잘 알고 있었다. 이 세상에서 가장 불쌍한 사람들, 아직도 그들은 초원 그 어느 부족에도 속하지 못하고 죄인처럼 살아가고 있었다.

"돌아가게."

그러나 가장은 간청했다.

"내가 마지막에 찾아올 곳은 여기 밖에 없었네. 달의 눈물방울. 여기가 우리 모두의 고향이잖나?"

몬라이도 그 아픔을 이해했다. 그러나 물러설 수는 없었다.

"날 원망하지 마시오."

"몬라이, 자네의 눈동자는 옛날이나 지금이나 인자해. 틀림없이 우리를 내쫓으면 평생을 후회할 것이네. 우리를 죽이고 오늘 태어난 자네의 자식은 결코 무사할 수 없어."

몬라이는 고개를 흔들었다.

"돌아가."

몬라이는 더 듣고 싶지 않았다. 아내가 지금 아이를 낳으려고 하는 것이다. 망설일 수가 없었다. 몬라이는 창을 내밀었다. 가련한 세 가족이 주춤 뒤로 물러났다. 엄마의 등에 업힌 아이는 이미 죽어 가고 있었다. 입이 얼어붙은 엄마는 말도 하지 못했다.

"자네의 아이가 소중하다면, 자네의 아내가 소중하다면, 우리를 받아 주게.”

몬라이는 고개를 흔들었다.

“미안하네.”

“눈보라가 그치는 내일 아침까지만이라도.”

“미안하네.”

가장은 울부짖고 있었다.

“아무도 모를 거야!”

마지막 몸부림이었다.

“자네가 알고 내가 알지 않는가?”

몬라이는 아무 표정 없이 말했다.

그러자 가장은 더 이상 애원하지 않았다. 아까와 달리 그의 눈은 활활 타고 있었다.

“자네는 천벌을 받을 것이야. 내 말을 기억해 두게. 내가 이 눈보라 속에서 살아남는다면 반드시 사라안족에게 갈 것이다. 그리고 이 초원 위에 소루족은 단 한 명도 남지 않게 될 것이야. 내가 그들을 여기 ‘달의 눈물방울’로 안내할 테니까. 몬라이, 내 얼굴을 똑똑히 기억해 두게.”

핏발 선 눈으로 몬라이를 노려보던 누마족 가족은 초원 속으로 사라지고 있었다. 아니 눈에 파묻혀 갔다. 몬라이는 점점 희미하게 멀어져 가는 누마족의 뒷모습을 보면서 눈을 감았다.

기억에 있는 얼굴이었다. 옛 친구는 하리라는 이름을 가지고 있었다. 살구시험을 통과하지 못한 그가 열한 살의 어린 나이에 홀로 사막으로 쫓겨날 때의 얼굴이 희미하게 남아 있었다. 몬라이는 그 이름을 부르고자 하였다. 그러나 그렇게 된다면……. 몬라이는 눈을 감았다. 그렇게 다시 눈을 떴을 때 불쌍한 누마족의 모습은 보이지 않았다. 그 후로 눈보라 속으로 사라진 누마족의 모습은 때 없이 몬라이의 꿈속에 나타나 그를 괴롭혔다. 몬라이에게는 가장 아픈 기억이었다.

틀림없이 우리를 내쫓으면 평생을 후회할 것이야.
우리를 죽이고 오늘 태어난 자네의 자식은 결코 무사할 수 없어.

몬라이는 하리의 마지막 말을 떠올리면서 고개를 흔들었다. 그러나 아무리 고개를 흔들어도 그 말은 몬라이의 기억에서 지워지지 않았다. 몬라이는 소루 부족 중에서도 가장 활을 잘 쏘는 사람이었다. 그는 전사 중의 전사였다. 또한 그의 아내 이안은 '노래하는 전사'였다. 이안은 전사들이 전투에서 돌아오면 모닥불가에서 지친 전사들을 위해 노래를 불렀다.

그런데도 그와 그의 아내 이안은 한시도 마음을 놓을 수 없었다. 혹시 세인에게 어떤 불행이 오지 않을까 하는 불안 때문이었다. 세인이 움직이면 몬라이가 움직였고, 세인이 가는 곳엔 이안이 따라붙었다. 그들은 아들 세인이 네 살 때 벌써 화살을 쥐어 주었다. 그것이 어떤 고난과 어려움도 헤쳐 나갈 수 있는 길이라고 생각했던 것이다. 다행히도 세인은 하리의 말과는 다르게 잘 자라 주었다. 소루족의 어떤 아이보다 총명했고, 활솜씨 또한 뛰어났다.

세인은 언제나 엄마 이안의 노랫소리를 듣고 자랐다. 세인의 나이 이제 열일곱 살. 세인은 이웃 쏠리 부족의 소녀 연리와 정혼을 한 사이였다. 고집 센 세인과 말 없는 연리. 이안은 빙긋 웃었다.

어느 날이었다.

세인이 물었다.

"어머니, 날 그만 놔두세요."

"응?"

이안은 놀라지 않을 수 없었다.

"우리 부족 그 어떤 부모도 어머니나 아버지처럼 아들의 뒤를 졸졸 따라다니지 않아요."

이안은 눈을 감았다. 세인의 말이 맞는 것이다. 그걸 알면서도 세인이 눈에 보이지 않으면 늘 불안한 이안과 몬라이였다.

"그게 그렇게 불편하니?"

"불안해요."

몬라이와 이안의 불안이 이제 아들 세인에게 옮아간 것이다.

"미안하다."

"도대체 무슨 일 때문에 그런지 이야기해 줄 수 없나요?"

이안은 망설였다.

그때 몬라이가 나타났다.

이안은 가슴이 철렁 내려앉았다.

"안 돼요!"

이안이 그렇게 말했을 때 몬라이가 고개를 흔들었다.

"이제 때가 되었소."

몬라이는 천천히 세인에게 다가왔다.

"세인, 그 옛날 우리 부족이 어째서 이 초원을 지배했는지 아느냐?"

처음 듣는 말이었다.

"어째서 지금까지 우리 부족이 초원의 부족 중에 가장 활을 잘 쏘는 부족인 줄 아느냐 말이다."

몬라이의 눈동자엔 눈물이 고여 있었다.

이안은 긴 한숨을 쉬었다.

"우리 부족은 대대로 제 어머니와 아버지의 가슴과 목에 화살을 수없이 박았다."

몬라이의 목소리는 떨리고 있었다.

"우리 부족 남자아이들은 열 살이 되면 누구나 '살구시험'을 보아야 했다."

"살구시험?"

"남자아이가 열 살이 되면 그 어머니의 양 어깨 위에 살구 하나씩을 놓았다. 그리고 화살에 독을 묻혔지. 두 개의 살구를 모두 맞혀서 떨어뜨려야 비로소 소루족의 전사가 될 수 있었다. 그렇게 죽은 어머니들이 얼마인 줄 아느냐?"

세인은 몬라이의 목소리처럼 손을 떨었다.

"그 시험에 통과하지 못하면 일 년이 지나서 다시 아버지의 어깨 위에 살구를 놓았다. 그렇게 죽은 아버지들이 얼마인 줄 아느냐?"

몬라이의 목소리는 점점 울음이 되어가고 있었다.

"그래도 시험에 통과하지 못하면 결국 그 아이는 사막에 버려졌다."

"아!"

세인은 신음 소리를 질렀다.

"그게 누마족이다."

누마족, 세인은 그제야 고개를 끄덕였다.

"어머니를 제 손으로 죽인 아들이 그 다음 해를 위해 어떻게 살았는지를 짐작할 수 있겠지?"

"예?"

"난 너희 할머니, 곧 내 어머니의 가슴에 독화살을 쏘았다."

이안은 두 손으로 얼굴을 가리고 있었다.

세인은 더 이상 소리를 낼 수 없었다.

"밤낮으로 죽도록 화살을 쏘았지. 그래서 우리 소루족은 강해질 수 있었다. 자식들의 독화살에 수많은 어머니와 아버지들이 죽고 난 대가지."

세인은 입술을 깨물었다.

"그 전통을 깬 것이 바로 너희 할아버지였다. 설령 강성한 부족이 되지 못하더라도 어머니와 아버지를 향해 독화살을 날릴 수는 없었던 거야. 할아버지는 사람들을 설득했지. 물론 모든 사람들이 할아버지의 말에 찬성했어. 그러나 그 후로 우리 부족은 힘을 잃어갔지. 자식의 손에 죽어 나가는 어머니 아버지는 없어졌

지만 그만큼 약해졌어. 나는 지금도 어떤 선택이 옳았는지 모른
다.”

몬라이는 앞만 보고 말했다.

“아버지?”

세인은 조용히 아버지를 불렀다.

몬라이가 세인을 쳐다보았다.

“나로 하여 죽은 내 어머니는 웃으면서 죽어 갔어. 원망의 눈빛
은 조금도 없었지.”

몬라이는 점점 냉정을 되찾고 있었다.

“누마족은 그렇게 사막에 버려져 살아남은 소루족의 아들들이
만든 부족이란다. 그들은 평생을 한 곳에 정착하지 못하고 초원
을 떠돌아다니지. 어머니 아버지를 모두 죽인 사람들이라는 멍
에를 쓰고.”

세인은 고개를 끄덕였다.

“너를 낳을 때는 눈보라 치는 날이었다. 한 치 앞도 보이지 않
았지. 그때 한 누마족 가족이 우리 집을 찾아왔다.”

몬라이의 말을 다 듣지 않아도 세인은 짐작하고 있었다.

“그 가장은 살구시험에 떨어져 사막으로 내쫓긴, 어린 시절 나
의 친구였다. 부상을 당해서 피 흘리는 그들을 나는 눈보라 속으

로 내쫓았다."

몬라이는 울먹이기 시작했다.

"나는 그가 한 말을 지금도 기억한다."

"그만하세요!"

이안이 울면서 소리쳤다.

그러나 이미 몬라이는 감정을 다스리지 못했다.

"몬라이, 자네는 천벌을 받을 것이야!"

말을 마친 몬라이는 천막 뒤로 사라졌다.

이안이 물었다.

"세인, 지금도 그 전통이 계속되었다면 넌 내 어깨 위에 놓인 살구를 독화살로 쏘아야 했다. 넌 그렇게 할 수 있었겠니?"

"……."

세인은 대답하지 못했다.

"화살을 들어야 한다면, 당연히 화살을 들어야지."

세인이 조용히 대답했다.

"어머니, 그럴 수는 없습니다."

이안이 고개를 흔들었다.

"난 네 할아버지의 선택이 옳은 것이라고 믿고 있지만, 소루족의 전통 또한 믿는다. 작은 부족이지만 소루족이 이 초원 속에서 살아남을 수 있었던 것은 바로 그런 강인한 정신 때문이었다. 그렇지 않았으면 우리는 이 초원에 없었다. 이곳 초원의 생활은 한 발 물러서면 바로 천 길의 낭떠러지다. 사실 이 땅에 사는 모든 생명들은 그렇게 위태롭게 살고 있다. 그게 우리 삶의 본질이다."

"어머니?"

세인은 이안의 얼굴을 바라보았다.

"너희 아버지의 슬픔을 알겠니?"

세인이 고개를 숙였다.

"그날 너만 태어나지 않았어도 아버지는 소루족의 율법을 어기고 그들을 받아 주었을 거야. 지금까지 아버지는 자신이 누마족 세 사람을, 더구나 어릴 적 친구의 가족을 죽였다는 죄책감에서 벗어나지 못하고 있다."

세인은 고개를 끄덕였다. 세인은 이제야 이안과 몬라이가 자신을 그토록 따라다닌 이유를 안 것이다. 뺨 위로 흐르는 눈물을 닦으며 세인이 물었다.

"어머니, 구름은 흘러서 어디로 가나요?"

"초록의 눈동자로 가지."

동그란 눈의 세인은 점점 어른이 되어가고 있었다. 벌써 활을 쏘는 솜씨는 아버지 몬라이 못지않았다.

'틀림없이 아버지 몬라이처럼 소루 최고의 전사가 될 거야.'

이안은 흐뭇하게 아들을 내려다보았다. 그러나 항상 이안의 머릿속에서 맴도는 불안은 떨어지지 않았다.

"세인아, 우리가 사는 곳이 어떤 곳이지?"

"달의 눈물방울."

"그렇지."

"어머니, 그런데 왜 우리가 살고 있는 곳이 달의 눈물방울이지요?"

"이 세상의 주인이신 함님이 초록의 눈동자에서 쫓겨난 우리를 낮에는 해님이 지키게 하셨고, 밤에는 달님이 지키게 하셨지. 하지만 늘 물을 찾아 헤매야 하는 우리를 보고 안타까웠던 달님은 밤새 눈물방울을 떨궜지. 그 눈물이 이곳에 떨어져 동그만 호수가 생겼어. 그 덕분에 우리가 이곳에서 살 수가 있었던 거야."

이안의 말을 듣고 세인이 웃었다.

"정말이에요?"

이안이 조용히 고개를 끄덕였다.

"어머니 저도 이제 다 자랐어요."

"알고 있다."

이안은 세인의 말을 들으면서 웃었다.

"이제 혼자 얼마든지 이 초원에서 살 수 있어요."

이안은 고개를 흔들었다.

"아들아, 이 초원에서 혼자 살 수 있는 사람은 없단다. 바로 그런 교만한 마음을 다스리지 못했기 때문에 우리 소루 부족은 초록의 눈동자에서 쫓겨났단다."

이안은 눈을 감았다.

"초록의 눈동자는 어디 있어요?"

"하늘나라 풀밭에서 떨어진 은가락지에 물이 모여 초록의 눈동자가 되었지. 그곳은 온갖 초원의 어머니란다. 생명이 시작되는 곳이지."

"그곳은 어디에 있나요?"

"그것은 아무도 모른다. 초원이 끝나는 곳에 그곳은 있지. 우리 부족은 바로 그곳에서 태어났단다. 그런데 초록의 눈동자 여신에게 버림을 받았다. 어느 날 축제를 마친 우리 부족 전사들이 이 세상에서 가장 활솜씨가 뛰어나다는 것을 증명하기 위해 하늘의 해와 달을 향해 화살을 쏘았지. 그 후부터 우리 부족은 그곳에서 쫓겨나 이곳 초원으로 왔지. 그래서 매년 그곳으로 사람을 보낸단다. 그곳 여신에게 용서를 빌기 위해서다. 그렇지만 나는 그곳으로 간 사람들이 돌아오는 것을 한 번도 보지 못했단다. 그들이 어떻게 되었는지는 아무도 몰라. 그래서 우리 부족에게 어려운 일이 닥치고 있어. 앞으로 또 어떤 험한 일이 생길지……."

이안은 소루 부족이 사라안족에게 쫓겨 초원에서도 터전을 잃어 가는 것이나, 순례를 떠난 사람들이 돌아오지 못한 것도 모두 아직 초록의 눈동자 여신으로부터 용서를 구하지 못했기 때문이라고 생각했다.

"사람들 말로는 초록의 눈동자를 찾은 사람들은 모두 그곳에서 살고 있대요."

"애야, 그런 말은 하는 게 아니다. 절대로 하면 안 돼. 우리 부족 사람들은 그런 사람이 한 사람도 없다. 자신들의 편안함을 위해 부족을 배신할 사람은 없어. 알겠지?"

그러나 이안도 그런 말을 들었었다. 하늘의 도움으로 죽음을 면하고 초록의 눈동자를 찾은 사람들은 다시 초원으로 돌아오지 않는다는 것이었다. 맑은 물과 무성한 풀들을 두고 다시 이 황량한 초원으로 돌아올 사람은 없는 것이다. 아마도 초록의 눈동자로 순례를 간 사람들은 중간에 다 죽었거나, 몇몇 살아남은 사람은 그곳 여신에게 붙잡혀 노예 노릇을 하고 있는지도 모를 일이었다.

"어머니, 우리가 사는 이곳은 이제 사람이 살 수가 없게 되었어요. 하루빨리 이곳을 벗어나야지요."

세인의 말에 이안이 고개를 흔들었다.

"세인아, 우리를 이 땅에 보내 주신 그 첫 어머니가 계신다. 바로 여기 풀이 그 어머니의 머리칼, 여기 돌은 그 어머니의 뼈, 여기 흙은 그 어머니의 살, 여기 물은 그 어머니의 피란다. 이곳이 아무리 살기 힘들어도 우리는 그 어머니의 땅을 떠날 수는 없단다."

그러나 세인은 이안과 완전히 다른 생각을 하고 있었다.

"이번이 우리 차례인가요?"

"아니다. 우리는 다음, 다음이지."

그러나 그 말이 끝나기도 전에 부족의 족장이 그들의 천막을 찾아왔다.

"몬라이, 미안한 말을 해야겠군."

몬라이는 어렴풋이 짐작했다.

"이번에 초록의 눈동자로 가기로 한 사람들이 모두 병을 앓고 있다네. 자네가 길을 떠나야겠어."

족장이 고개를 숙였다.

몬라이는 웃으며 말했다.

"감사합니다. 족장님. 아직 차례도 되지 않았는데 그런 성스러운 일을 저희에게 맡기다니요. 저희 가족이 기꺼이 가겠습니다.”

이안과 세인은 무심하게 몬라이의 말을 듣고 있었다. 병에 걸린 사람은 없었다. 그곳으로 떠난 사람은 한 사람도 살아 돌아오지 못한 것을 부족 사람들은 알고 있었던 것이다. 그래도 옛날에는 차례가 정해지면 그대로 따랐었다. 그러나 이제 누구도 잔인한 사라안족이 차지하고 있는 우프라를 지나 초록의 눈동자로 떠날 사람은 없는 것이다.

족장이 떠나고 이안이 근심스럽게 물었다.

“세인은 이제 겨우 열일곱 살인데 괜찮을까요?”

“세인도 이미 어른이 되었소.”

몬라이는 이안의 걱정을 알고 있었다.

몬라이는 싱긋 웃었다.

“우리가 가지 않으면 초록의 눈동자로 갈 사람이 없소. 그나마 우리 가족은 셋뿐이잖소. 우리가 우리 부족 중에 가장 적은 가족이오. 그곳으로 떠나는 가족 모두가 죽어야 한다면 가족이 제일 적은 우리 가족이 죽어야 하지 않겠소. 우리 가족이 우리 부족을 위해 할 수 있는 일이 있다면 즐겁게 해야 하지 않겠소?”

이안은 더 이상 말을 붙일 수 없었다.

몬라이의 말은 모두 옳았던 것이다.

"세인이 연리와 결혼이라도 하고……."

"연리의 가족이 허락한다면 결혼하기 전이라도 연리와 함께 떠날 수 있지 않겠소?"

"연리의 가족이 허락할까요?"

"연리의 아버지와 오빠들은 쏠리족의 훌륭한 전사요. 분명 허락할 거요."

연리의 아버지와 오빠들은 연리가 그녀의 가족들과 함께 초록의 눈동자로 순례 가는 것을 흔쾌히 허락했다. 그리고 순례가 끝나면 곧바로 결혼하기로 약속을 했다.

연리는 맑은 눈동자의 소녀였다.

'눈으로 말을 하는 아이'란 뜻의 이름을 가진 연리. 무엇보다도 이안은 연리가 말이 없는 것이 좋았다. 연리는 늘 그냥 생긋 웃었다. 그 미소의 소중함을 이안은 알고 있었다. 연리와 함께 간다면 분명 행운이 있을 것이라는 믿음.

세인의 가족이 초록의 눈동자로 떠나는 날.

부족 사람들이 모두 나왔다. 춤과 노래, 그리고 모든 사람들과의 큰절. 그것은 소루 부족의 오랜 전통이었다. 앞으로 소루 부족의 미래는 세인의 가족에게 달려 있었다.

"자랑스러운 이들이여. 우리는 그대들을 믿습니다. 그대들이

우리 부족 모두의 마음과 함께 초록의 눈동자에 가서 그 물을 마시고, 그 물에 몸을 씻고 우리의 위대하신 여신님께 우리 부족의 잘못을 빌고 용서를 구하시오. 그리고 우리 부족의 고난이 이제 끝나도록 기도하고 돌아오십시오."

"우리는 우리 부족 모두의 바람을 저버리지 않겠습니다. 초록의 눈동자를 만나지 못하면 우리는 돌아오지 않을 것입니다."

족장이 옛날부터 내려오는 초록의 눈동자를 그린 지도를 주었다. 낙타 가죽에 그린 지도는 이미 해지고 닳아서 알아보기 어려웠다. 그런데도 몬라이는 그 지도를 소중하게 주머니에 넣었다. 초록의 눈동자는 한 곳에 있지 않았다. 끝을 알 수 없는 초원과 사막 속의 움직이는 호수, 그곳을 찾는 것은 어려운 일이었다.

그들은 길을 떠났다.

낙타는 모두 열 마리, 사람을 태운 네 마리와 짐을 실은 여섯 마리였다. 물이 떨어질 위험을 미리 계산한 그들은 커다란 물주머니에 물을 가득 채워 낙타의 등에 실었다. 그 정도의 물이면 어떤 사막 길도 무사히 갈 수 있으리라고 계산했던 것이다.

그들은 거침없이 나아갔다. 시간을 줄이는 것이 식량과 물을 절약하는 지름길이기 때문이었다. 가도 가도 초원은 끝나지 않았다. 그들은 쉬지 않고 달렸다. 다행히 그들을 태운 낙타는 소루 부족이 가지고 있는 최고의 낙타였다. 부족을 떠난 지 열흘이 지나자, 대장인 차야이마를 따라 낙타들은 드디어 풀이 듬성듬성 남아 있는 모래사막으로 접어들고 있었다.

밤이었다. 그들은 물 한 방울 구경할 수 없는 '악마의 풀밭'으로 나아갔다.

"좀 더 빨리 가야 하지 않을까요?"

얼마 못 가 맨 뒤에서 소리가 들렸다.

놀랍게도 연리의 목소리였다.

"그렇게는 안 돼. 낙타는 빨리 걸으면 금방 지치지."

이안이 흐뭇하게 대답했다.

"……."

연리는 고개를 끄덕이고는 잠자코 뒤를 따랐다. 낙타 행렬은 유유히 초원을 지나 느릿느릿 모래언덕을 올라가고 있었다. 얼핏 보면 그들은 쫓기고 있는 것 같았다. 사라안족 때문이었다.

다행히 사막에는 아무도 없었다. 그러나 그들은 선뜻 달리지 못했다. 조금 가다가 모래언덕에 올라 사방을 살펴보고, 또 조금 가다가 높은 곳에 올라 살펴가며 조심스럽게 걸었다. 이안의 생각대로 연리를 데리고 떠나면 행운이 있을 것이라는 믿음, 그 생각이 적중했다. 그들은 운 좋게도 별다른 어려움 없이 초원과 사막의 경계 지역을 지났다.

드디어 우프라.

사막 한복판, 타원형 골짜기 안의 작은 오아시스였다. 그러나 그들은 오아시스로 바로 들어서지 못했다. 물을 찾는 많은 상인들이 지나는 곳에는 사람과 재물을 약탈하려는 사라안족이 반드시 있었던 것이다.

몬라이는 혼자 모래언덕을 올라 아래를 내려다보았다. 그러고는 고개를 저었다. 사라안족이 오아시스 근처에 진을 치고 있던 것이다. 돌아갈 수밖에 없었다. 낙타 백 마리를 준다 해도 살려줄 부족이 아니었다. 그들에게 걸려서 살아온 사람은 단 한 명도 없었다. 사라안족은 그들의 포악함을 세상에 알려서 누구도 그들에게 대항하지 못하도록 그들이 붙잡은 사람은 결코 살려두지 않았던 것이다. 그렇다고 우프라를 지나지 않고서는 초록의 눈동자로 갈 수 없었다.

"어머니, 우프라를 지나지 않고 초록의 눈동자로 갈 수는 없나요?"

세인이 물었다.

"그렇다면 얼마나 좋을까? 그렇지만 초록의 눈동자를 가기 위해서는 이 세상 누구든 우프라를 지나야 한다. 그렇지 않고서는

초록의 눈동자에 닿을 수가 없지. 우프라를 지난 사람들만이 초록의 눈동자의 그 맑은 물을 마실 수 있는 거야."

세인과 연리가 고개를 끄덕였다.

사실 이안도 세인의 마음과 같았다. 우프라를 지나지 않고 초록의 눈동자로 갈 수 있다면……. 그러나 곧바로 고개를 흔들었다. 우프라를 지나지 않고 가는 길은 곧 죽음의 길이었다. 모래조차 없는 황막한 자갈의 길. 하늘에 새도 없는 길이었다. 결코 그 길을 지나지 않고서는 초록의 눈동자로 갈 수는 없었다.

할 수 없이 그들은 천천히 왔던 길로 돌아가기 시작했다. 그리고 숨을 죽이며 모래언덕 아래에서 밤을 새웠다. 이윽고 그들이 새벽에 다시 길을 떠난 것은 몬라이와 이안의 지혜 때문이었다. 영악한 사라안족은 오히려 낮에는 오아시스에서 쉬며 놀다가 밤이 되면 사람들을 사냥하기 위해 움직였다. 몬라이와 이안은 새벽이면 사람 사냥을 마친 사라안족이 잠에 곯아떨어지는 것을 알고 있었다.

서서히 동쪽 하늘이 밝아 왔다. 사막의 모습이 언뜻언뜻 드러났다. 그들은 사라안족이 잠에서 깨어나기 전에 우프라를 지나야 했다. 아홉 마리 낙타들을 이끄는 차야이마는 노련했다. 한 줄로 대열을 이룬 낙타들은 순식간에 사라안족이 진을 치고 있는 오아시스를 지날 수 있었다.

"잘했다. 차야이마."

이안은 하얀 차야이마의 갈기를 쓰다듬었다. 차야이마도 기쁜지 콧김을 불어 냈다. 모두들 차야이마의 코에 입을 맞추었다. 지금까지의 여행은 순조로웠다. 이안과 몬라이가 가장 걱정했던 연리도 지친 표정이 아니었다. 오히려 신나는 얼굴이었다.

"연리, 이런 여행이 처음이니?"

"예."

"내가 아주 어렸을 때 이곳은 사막이 아니었다."

"예?"

연리가 눈을 동그랗게 떴다.

"모두 초록의 눈동자 여신이 화가 난 까닭이다. 하늘을 무서워하지 않은 사람들이 기도를 중단하고, 하늘에 화살을 겨누었지. 그래서 초원은 점점 사막으로 변해 가고 있어. 우리가 할 수 있는 일은 하늘에 다시 용서를 비는 일이다. 그러면 초록의 눈동자 여신도 우리를 용서해 주실 게다."

연리가 잠잠히 두 손을 모으고 하늘을 올려다보았다.

이안의 눈에 그 모습은 너무 아름다웠다.

다시 해가 떠오르자 모래밭은 타는 듯이 뜨거워졌다. 그렇게 하루가 지나자 몬라이는 길을 잘못 들었다는 생각이 들었다. 몬라이는 족장이 준 지도를 꺼내 들었다. 물끄러미 지도를 보던 몬라이가 실망하여 고개를 흔들었다. 그들은 초록의 눈동자 반대편으로 가고 있었던 것이다.

조금이라도 빨리 사라안족이 있는 우프라를 벗어나 초원으로 가려고 서두른 것이 잘못이었다. 한번 잘못 들어선 사막은 어디가 어디인지 알 도리가 없었다. 사방이 모래뿐인 그곳에서 길을 찾을 수가 없었다. 사막에서 헤매면 헤맬수록 물과 식량은 그만큼 축나게 되어 있었다.

실망한 몬라이는 털썩 모래 바닥에 주저앉았다.

이안은 기도를 하기 시작했다.

하늘의 달님과 별님

우리는 우프라를 지났습니다.

그런데도 다시 사막이 나타났습니다.

우리를 다시 초원으로 인도해 주세요.

우리가 왔고, 우리가 돌아갈 그 영원한 초원으로 말입니다.

우리는 죽음을 두려워하지 않습니다.

우리가 두려워하는 것은 풀 한 포기 없는 사막에서 죽는 것입니다.

하늘의 달님과 별님

우리를 초원에서 눈감을 수 있게 하소서.

우리가 그곳에서 한 줌 흙이 될 수 있게 하소서.

그러나 이안이 노래를 부르며 기도를 마쳐도 하늘의 달과 별은 조금의 응답도 주지 않았다.

"이제 누구도 나의 노래를 들어 주지 않는구나."

이안은 절망했다.

몬라이가 위로했다.

"아무도 당신의 노랫소리를 들어 주지 않아도 나와 우리 가족은 영원히 당신의 노래를 들을 거요."

그때 연리가 맑은 눈을 반짝였다.

"어머니, 실망할 것 없어요. 저쪽에서 모래바람이 불어오니 그 반대편은 분명 초원일 거예요."

연리가 뽀얀 모래바람이 구름처럼 날리는 곳을 가리키며 말했다. 역시 '초원의 신사'로 불리는 쏠리족의 딸 연리는 누구보다도 초원과 사막을 잘 알았다.

그제야 이안과 몬라이가 일어났다.

연리의 말은 정확했다.

"우리의 사랑하는 연리! 너는 정말 사막의 딸이로구나."

이안은 연리를 끌어안았다.

"제가 앞장설게요."

"저도요."

세인과 연리가 앞장섰다.

이안과 몬라이는 흐뭇하게 그들을 바라보았다.

이제 세인과 연리는 어른이 되어가고 있었다.

그들은 모래바람이 부는 반대편으로 길을 잡았다. 정말 얼마 가지 않아 푸르른 초원이 눈앞에 들어왔다. 초록의 눈동자가 어디 있는지도 모르면서 그들은 서로가 서로를 얼싸안았다. 사라 안족으로부터 벗어났다는 안도감 때문이었다.

"초록의 눈동자에 가기 위해서는 반드시 우프라를 지나야만 했어요. 우리가 길은 제대로 잡은 거예요."

이안이 다시 말했다.

"그러면 이 초원의 오른쪽을 돌아서 다시 사막을 지나……."

몬라이는 지도를 보면서 혼자 중얼거렸다.

그들은 다시 발걸음을 재촉했다.

그리고 그들이 초원 한복판에 이르렀을 때였다.

그들에게 일차적인 시험이 왔다. '회색 자갈의 초원'에 사는 여신이 그들의 앞길을 막았다. 여신은 늑대처럼 초원을 떠도는 누마족이 섬기는 여신이었다. 여신은 그 옛날의 일을 알고 있었다. 몬라이가 내쫓았던 누마족의 세 사람.

감히, 너희가 초록의 눈동자를 찾아간다고?

오냐, 너희들이 가진 물을 몽땅 쏟아 버리겠다.

물이 없으면 곧 죽고 말테니까.

'함'은 초원 지역에 사는 모든 사람들과 신들을 다스리는 신들
의 왕이었다.

여신은 보기에 가벼워 보이는 낙타를 하나 만들고, 그 잔등에
진흙을 잔뜩 묻혔다. 여신은 낙타를 거침없이 몰았다. 여신은 또
앞뒤로 수행원들을 거느리고 그 수행원들의 머리카락과 옷은 모

두 물에 젖게 하였다. 목에는 파란 수련, 흰 수련을 걸게 하고, 손에는 붉은 연꽃, 흰 연꽃 송이를 든 채 물기가 많은 수련 줄기를 씹었다. 수행원의 몸에서는 물방울이 뚝뚝 떨어지고 있었고, 옷에는 군데군데 진흙이 묻어 있었다.

멀리서 그것을 본 이안은 순간, 불길한 마음이 들었다.

"이상해요. 이런 곳에 저런 사람들이 있다니?"

몬라이도 고개를 끄덕였다.

그렇지만 세인과 연리는 환하게 웃었다.

"걱정하지 마세요. 사라안족은 아니잖아요."

오랜만에 사람을 만났기 때문인지 세인이 들떠서 말했다.

이안 일행과 여신의 수행원 무리가 만나 서로 길을 비킬 즈음 여신이 몬라이에게 반갑게 인사말을 건넸다.

"어디로 가십니까?"

여신이 정중하게 묻자 몬라이가 말했다.

"우리는 초록의 눈동자를 찾아갑니다. 그러나 제가 보기에는 귀인들은 이곳에서는 볼 수 없는 파란 수련, 흰 수련을 두르시고 붉은 연꽃, 흰 연꽃을 손에 들고 수련까지 씹으시니……. 게다가 옷에는 물이 묻어 있고, 몸은 진흙투성이니 대체 어떻게 된 일입니까? 파란 수련, 흰 수련, 붉은 연꽃, 흰 연꽃으로 덮인 호수라도 있었습니까?"

이 말에 여신이 대답했다.

"저기 저 짙은 숲이 보이지 않습니까? 저곳만 지나면 모두가 물입니다. 밤낮으로 비가 내리더니 웅덩이마다 물이 가득가득 고여 있습니다. 보이는 것은 모두 붉은 연꽃, 흰 연꽃으로 덮인 호수랍니다."

여신은 낙타가 한 마리씩 지나는 걸 보며 다시 물었다.

"이 낙타엔 무엇이 실려 있습니까?"

"물입니다."

"저 낙타에는요?"

"식량입니다."

"맨 마지막 낙타는 짐을 많이 실어 아주 무거워 보이는데 대체 무엇을 실으셨습니까?"

몬라이는 웃으며 대답했다.

"그 낙타에도 물을 실었습니다."

여신이 다시 말했다.

"아, 이렇게 많은 물을 여기까지 날라 오셨으니 참으로 어지간 하십니다. 하지만 이곳만 지나면 이제 저런 짐은 가지고 다니실 필요가 없습니다. 물주머니를 버려야 짐이 가볍지 않겠습니까?"

믿을 수 없는 말이었다. 이 사막에서 물을 버리다니. 몬라이는 고개를 흔들었다.

"이곳 분들이 아니시군요. 물은 생명입니다. 이곳에서 물을 버리는 사람은 없습니다."

여신이 난처한 듯 말했다.

"호호호, 내 말을 믿지 않는군요?"

그때 여신의 웃는 모습에서 이안은 그녀가 사람이 아니라는 것을 직감했다.

"왜 우리가 물을 버려야 하지요?"

이안이 그렇게 묻자 여신이 인상을 찡그렸다.

"나를 의심하는 사람은 이곳을 벗어날 수 없소."

몬라이도 여신이 사람이 아님을 눈치챘다.

"원하시는 대로 하겠습니다!"

이안과 몬라이가 동시에 외쳤다.

그러나 세인이 소리를 질렀다.

"아버지, 그럴 수는 없습니다. 물이 없으면 우리는 죽어요!"

이안과 몬라이는 고개를 흔들었다.

"우리는 이분이 시키는 대로 해야 한다."

"저는 그럴 수 없어요!"

세인은 금방이라도 여신에게 대들 기세였다.

연리가 세인의 옷자락을 잡았다. 그러나 세인은 막무가내였다. 세인은 옆구리에 차고 있던 칼을 꺼내 들었다.

"네가 나와 맞서겠다는 것이냐?"

여신이 싸늘하게 말했다.

"설령 함님이 시켜도 이 물을 버릴 수는 없습니다."

세인은 물주머니를 실은 낙타들을 한쪽으로 몰았다.

"운명을 거역하는 아들을 두셨군요?"

여신이 이안을 쳐다보며 말했다. 이안은 여신의 눈과 마주치자 곧바로 소리를 질렀다.

"몬라이, 물주머니를 버려요. 빨리!"

몬라이는 이안의 말대로 순식간에 물주머니를 모조리 비워 버리고 낙타의 짐을 덜어 준 다음 앞으로 내몰았다.

"아버지, 안 돼요!"

세인이 소리를 질렀지만 물은 이미 엎질러진 뒤였다.

세인은 그 자리에 털썩 주저앉았다.

"아버지!"

"호호호!"

그때 여신의 웃음소리가 사막 저편으로 퍼져 나갔다.

그리고 거짓말처럼 여신과 수행원들은 자취를 감추었다.

"속은 거예요. 물은 없어요."

세인의 말처럼 그들이 가는 길에서는 물 한 방울 구경할 수가 없었다.

"그렇지만 우리가 그 여신에게 속지 않았으면 우리 모두는 죽었을 것이다. 우리가 그녀에게 속았기 때문에 그녀가 우리를 살려 준 것이야. 세인아, 아무리 옳은 일이라고 해도 그 때와 장소에 따라 다르게 행해야 하는 법이다."

그러나 세인은 이안의 말뜻을 알아듣지 못했다.

"나는 이 세상 누구에게도 속지 않을 거예요."

세인의 말을 들으면서 이안과 연리는 서로의 눈을 마주 보며 웃었다.

여신의 말과 달리 가도 가도 끝없는 사막이 펼쳐졌다. 물은 어디에도 보이지 않았다. 물을 마시지 못하자 낙타들이 금방 갈증을 느끼기 시작했다. 이상한 일이었다. 원래 낙타는 며칠 물을 마시지 않아도 별 탈이 없었다. 여간 목마르지 않고서는 입을 다시지 않는 차야이마도 숨을 헐떡였다. 해질녘까지 낙타를 몬 그들은 이윽고 낙타에서 내린 다음 동그랗게 원을 만들어 그 가운데서 쉬었다.

지칠 대로 지친 그들은 곧바로 드러누워 잠이 들었다. 너무 피곤했기 때문에 죽음과도 같은 잠에 곯아떨어진 것이다. 한밤중이 되자 여신은 소리 없이 이안 일행을 둘러싼 낙타들을 죽여서 그 고기를 배부르게 먹고는 뼈만 남기고 떠나 버렸다. 그들이 잠에서 깨어났을 때는 낙타 뼈가 사방에 어지럽게 널려 있었다.

"차야이마!"

이안은 소리 높여 차야이마를 불렀다. 차야이마는 그냥 낙타가 아니었다. 이안의 식구였다. 이안은 목을 놓아 울었다. 몬라이도 흩어진 뼈를 바라보며 눈시울을 붉혔다. 세인과 연리도 울고 있었다.

"너를 이렇게 만들다니, 모두 내 잘못이다. 차야이마, 차야이마!"

이안의 울음소리는 사막 저편까지 퍼져 나갔다.

"은혜로우신 함님, 우리 차야이마를 살려 주세요. 차야이마는 처음 태어난 아기 때부터 제가 길렀답니다. 온 세상이 다 변해도 변하지 않는 낙타, 바람보다 빠르고, 양보다 순한 우리 차야이마를 제발 돌려주세요!"

그러나 이안의 울음소리에 하늘은 전혀 대답하지 않았다. 쨍쨍 내리쬐는 햇볕은 그들을 더욱 목마르게 하였고, 바람마저 불지

않아 제대로 숨을 쉬기도 어려웠다. 낙타들이 있었다면, 그 그늘 아래에서 쉴 수도 있었을 것이다. 그러나 생명과도 같은 낙타가 몽땅 죽은 것이다. 이안은 하룻밤 사이에 죽어 하얀 해골이 된 낙타들의 뼈 속에서 오직 차야이마의 뼈를 찾고 있었다. 이안은 제정신이 아니었다.

"죽어 하늘에 가면……. 차야이마 네가 죽어 하늘에 가면……."

"그만하세요."

세인이 이안에게 소리를 질렀다.

이안이 차야이마의 뼈를 손에 쥐고 세인을 쳐다보았다.

"이제 소용없는 일이잖아요."

세인이 그렇게 말하자, 이안이 고개를 흔들었다.

"차야이마는 너하고 같은 해에 태어났어. 네가 태어난 다음 달에 이 세상에 나왔단 말이야. 너하고 아장거리던 차야이마의 모습을 내가 어떻게 잊을 수 있겠느냐?"

이안은 여전히 울고 있었다.

"그래도 차야이마는 행복했어요."

침착한 연리가 그렇게 말했을 때 이안은 비로소 정신을 차렸다.

"무덤을 만들어야지. 차야이마의 무덤은 따로 크게 만들고."

그들은 낙타들의 뼈를 모았다. 이안은 차야이마의 뼈를 정성껏 따로 추렸다. 눈물이 비 오듯 쏟아졌다. 그들은 모래를 파서 무덤을 마련했다. 다른 모든 낙타들의 무덤보다 훨씬 큰 차야이마의 무덤. 이안은 차야이마의 무덤을 끌어안고 다시 울었다.

"잘 자거라. 나의 아가, 차야이마. 어이없고 애닲구나. 몇 달을 걸어 초원을 가고 몇 날을 또 걸어 사막을 지나면 구름도 쉬어 가고 날짐승도 쉬어 가는 그 으슥한 저승의 골짜기를 어이 너 혼자 갈거나. 어이 너 혼자 갈거나. 너 죽어 이 길 가니 나 죽어도 이 길 갈 것이다. 이제 잘 자거라. 나의 아가, 차야이마!"

"내가 그랬잖아요. 그 사람 말을 들으면 안 된다고요."

세인이 또 이안과 몬라이를 원망했다.

"아들아, 그녀는 사람이 아니었어. 그녀의 말을 듣지 않았으면 우리는 살아남지 못했다."

"사람 아닌 사람이 어디 있어요?"

"이 세상에서 가장 어리석은 사람은 눈에 보이는 것만을 믿는 사람이다. 우리가 보지 못하는 것이, 우리가 보는 것보다 훨씬 더 많은 것이, 바로 우리가 살고 있는 이 세상이야. 세인, 그리고 연리, 너희들은 보이지 않는 것도 믿는 사람이 되어야 해."

이안이 아들의 머리를 쏠어 주었다.

그래도 세인은 고개를 흔들었다.

"네가 보고 있는 저 모래언덕 너머에 무엇이 있겠니?"

이안이 물었다.

"예?"

"저 너머는 네가 한 번도 보지 못한 세상이다. 누가 네게 와서 저쪽 세상 이야기를 한다면 너는 믿을 수 있겠니?"

"믿을 수 있는 것은 믿고, 믿지 못할 것은 믿지 않아야지요."

이안이 고개를 흔들었다.

"그렇다면 너는 하늘나라 풀밭도 믿지 못하겠구나?"

"하늘나라는 없어요. 저 높고 빈 하늘에 어떻게 풀밭이 있겠어요?"

"그러면 너는 하늘에 계신 함님도 믿지 못하겠구나?"

세인은 아무 대답도 하지 않았다.

"세인, 하늘에 풀밭이 있는 것뿐만 아니라, 풀밭에도 하늘이 있다."

"어머니는 항상 어려워요."

"크고 작음, 길고 짧은 것은 모두 우리들 사람의 눈이야. 우리들이 보는 세계는 저 사막에 날리는 풀 먼지덩이보다 작고 보잘 것없단다."

그래도 세인은 의심의 눈초리를 풀지 않았다.

"나중에 네가 더 어른이 되면 그땐 어머니와 아버지의 이야기를 이해하게 될 거다."

이안은 눈물 젖은 눈으로 연리를 쳐다보았다.

언제나 그랬지만 이번에도 연리는 이안을 보고 수줍게 고개를 숙였다.

"어머니는 나보다 연리를 더 좋아해요."

"그래, 난 연리가 좋아."

그들은 낙타들의 무덤에 큰절을 하였다. 물론 차야이마의 무덤에는 두 번의 큰절을 하였다. 사람이 죽어 무덤을 만들면 소루 부족은 꼭 그렇게 두 번의 큰절을 하였다.

"그럼, 이젠 어떡해요?"

세인이 조금 밝은 표정으로 물었다.

"걸어서 물을 찾아보는 수밖에. 그녀가 우리들에게 거짓을 말하지는 않았을 거야. 분명 조금 더 가면 물이 있을 게다. 우리는 초록의 눈동자를 지키는 신들에게 시험을 당하고 있어."

이안이 그렇게 이야기하자 몬라이도 거들었다.

"초록의 눈동자를 만나기 위해서는 꼭 넘어야 할 시험이 있지. 바로 목마름과 의심이란다."

세인이 멍청하게 이안과 몬라이를 쳐다봤다.

"시간이 없어요."

연리가 그렇게 말했을 때 그들은 비로소 시간이 얼마 남지 않았음을 알았다.

"여기서 더 시간을 끌면 우리도 차야이마처럼 죽는다."

몬라이가 앞장섰다.

그들은 걸어서 물을 찾으러 갈 수밖에 없었다. 그러나 가도 가도 물은 나타나지 않았다. 내리쬐는 햇볕과 메마른 사막뿐이었다. 네 사람의 입술은 목마름으로 바짝바짝 타들어갔다. 어디선가 늑대 우는 소리가 들렸다. 하늘에서는 독수리들이 빙빙 돌았다. 초원의 마른 풀들이 회오리바람을 치며 지나가고 있었다. 이안은 무릎을 꿇고 앉아 기도했다. 연리도 그녀의 옆에 앉아 두 손을 모으고 있었다.

몬라이와 세인은 마냥 푸르기만 한 하늘을 올려다보고 있었다.

달이여 우리를 도우소서.

태양이여 우리를 풀어 주소서.

큰곰자리 별이여 지혜를 주소서.

우리가 모르는 문을 통해

우리에게 생소한 길을 통해

우리를 가두고 있는 이 작은 둥지에서

이같이 좁은 이 땅에서

우리가 찾아가는 그 푸른 땅으로

그 맑은 바람 속으로 우리를 인도하소서.

하늘의 달이,

그리고 태양이 빛나도록.

그녀의 기도가 끝나자 거짓말처럼 바람이 멈췄다. 고요한 사막, 먼지가 걷혔다. 하늘의 독수리도 사라졌고, 더 이상 늑대들의 울음소리도 들리지 않았다. 그들 앞에 아까 여신이 말한 대로 맑은 샘이 나타났다.

"아!"

그들은 동시에 그렇게 외쳤다.

이윽고 그들은 허겁지겁 샘가로 갔다. 그곳에는 이상한 노파가 샘을 지키고 있었다. 노파는 머리끝에서 발끝까지 몸의 마디마디가 석탄보다 검고, 이빨은 둥글게 말려 올라가 코를 뚫고 있는 모습이었다. 검푸른 손톱은 날카로웠다. 그러나 목이 마른 그들은 노파의 겉모습을 살필 겨를이 없었다.

"물을 주세요."

세인이 노파 앞에 엎어졌다.

"제대로 찾아왔군."

"당신이 우물을 지키고 있는 건가요?"

이안이 침착하게 물었다.

"그렇다네."

"물을 좀 마시게 해 주시지 않겠습니까?"

몬라이가 정중하게 말했다.

"허허, 용케도 이곳까지 왔구먼. 그래, 그대들은 어디를 가는가?"

"초록의 눈동자로 갑니다."

노파의 양 눈썹 사이가 벌어졌다.

"어린 아가씨의 이름은 무엇인가?"

"저는 연리라고 합니다."

"아하, 눈으로 말하는 아가씨라는 뜻이군."

"그렇습니다."

연리가 겸손하게 대답했다.

"어렵겠지만 내 뺨에 입을 맞춰 주시오."

순간, 연리가 세인을 바라보며 멈칫거렸다.

"그건 안 되지요!"

연리 대신 세인이 대답했다.

"약혼한 처녀는 그 누구의 뺨에도 입을 맞출 수 없습니다. 그건 우리 부족의 전통입니다. 용서해 주십시오."

연리가 똑똑하게 말했다.

"오호, 아가씨는 목소리도 아름답군."

노파가 빙긋 웃었다.

"그렇다면 우리가 당신의 뺨에 입을 맞추겠습니다."

이안과 몬라이가 간절한 목소리로 말했다.

그러나 노파는 고개를 흔들었다.

"난 저 아리따운 아가씨의 입맞춤을 받아야겠소."

그 말을 듣고 세인이 고개를 흔들었다.

"연리가 저 노파에게 입을 맞추는 것을 보느니 차라리 목이 말라서 죽겠습니다."

노파가 연리를 바라보았다.

"아가씨의 마음도 같은가?"

연리가 다시 세인을 바라보았다. 세인의 인상은 일그러져 있었다.

"진정한 전사는 자신이 원하지 않는 일이면 목에 칼이 들어와도 하지 않아야 해."

연리도 세인을 따라 말했다.

"장차 소루 전사의 아내가 되려면, 지금부터 그의 뜻에 따라야 합니다."

노파가 고개를 흔들었다.

이안이 세인에게 말했다.

"아들아, 진정한 전사는 결코 사람의 모습에 따라 그를 대하지 않는다. 비록 이분이 그리 좋은 인상을 가지고 있지는 않으나 마음은 모습과 다르다. 연리가 이분의 뺨에 입을 맞추는 것은 분명 우리 소루족의 전통이 아니지만, 이분이 이토록 간절히 원하면 연리에게 이분에게 입을 맞추는 것을 허락해야 되지 않겠느냐?"

그러나 세인은 울먹이며 무릎을 꿇고 앉았다.

"어머니, 아버지. 이 노파는 우리 부족이 아닙니다. 우리 소루 전사는 우리의 전통을 어기고는 이 땅에서 살아갈 수가 없습니다. 그것은 누구보다도 어머니와 아버지가 더 잘 아시지 않습니까? 여태껏 어머니와 아버지는 제게 무엇을 가르치셨나요? 목숨을 버려서라도 우리 전통을 지키라고 하지 않았습니까? 더구나 소루족의 아내가 될 연리 앞에서 이 무슨 부끄러운 일입니까?"

연리는 세인 옆에 앉아 눈을 감고 있었다.

이안도 몬라이도 더 이상 말을 붙일 수가 없었다. 그 전통을 지키기 위해 누마족을 내쫓았던 자신들. 그런데 이제 아들 세인이 그렇게 되어 있었다. 몬라이는 자신으로 하여 죽을 수밖에 없었던 누마족 세 식구의 모습을 떠올리며 간절하게 말했다.

"샘을 지키는 이여, 자식은 저와 다릅니다. 이 무례함을 어찌할 수 있는지요?"

이안이 무릎을 꿇었다.

"우리의 어리석음으로 하여 목숨을 잃은 이들이 있었습니다. 단 한 번의 잘못이 세 사람의 목숨을 빼앗았습니다. 이제 우리가 이곳에서 목숨을 잃는다고 해도 그 누구를 원망하겠습니까? 우리의 목숨을 지금 우리 앞에 계시는 성스런 분과 우리 때문에 죽은 그 불쌍한 사람들에게 바치겠습니다.

이안의 말은 간절했다. 이안의 눈에서는 눈물이 쏟아져 내렸다.

그것은 몬라이도 마찬가지였다. 그 눈보라 치던 날의 기억이 어제 일처럼 생생하게 떠올랐다.

"성스러운 이여, 그때 저는 저를 찾아온, 고향을 찾아온 그 사람들을 눈보라 속으로 내몰았습니다. 아마도 그들은 그 눈보라 속에서 얼어 죽었을 겁니다."

몬라이는 모래 바닥에 엎드려 통곡했다.

노파가 안타까운 고갯짓으로 샘을 가리켰다.

"소루의 착한이여, 가시오. 물을 떠서 초록의 눈동자로 가시오. 그러면 열흘 안에 그대들은 초록의 눈동자에 도착할 것이오. 그러나 그 후의 그대들 운명은 나도 어쩔 수가 없소."

이안은 샘을 지키는 노파의 얼굴을 유심히 쳐다보았다. 그리고 노파의 얼굴에 스친 어두운 그림자를 분명하게 보았다. 이안은 고개를 흔들었다. 그녀는 순간적으로 눈을 감았다. 분명 불길한 징조를 보았던 것이다. 이안은 두 손을 모아 노파에게 간청했다.

"지혜로운 이여, 부디 자비를 베푸소서!"

노파는 눈을 감고 고개를 흔들었다.

"그대들은 그대들의 운명에 따르리라."

그 말이 끝나자마자 노파는 바람처럼 사라졌다. 그러자 노파 대신 무덤을 만들어 주었던 낙타 열 마리가 서 있었다.

"차야이마!"

"차야이마!"

그들은 모두 그렇게 기쁘게 외쳤다.

그리고 모두 엎드려 노파가 사라진 쪽을 향해 절을 했다.

초록의 눈동자

바람이 불었다.

바람이 불었다.

샘을 벗어나니 길은 또다시 끝이 보이지 않는 사막으로 이어졌다.

거침없는 길이었다. 낙타 열 마리를 다시 얻었으니 두려울 것이 없었다. 이안은 죽은 자식이 다시 돌아온 것처럼 쉴 때나 잘 때도 차야이마에게서 떨어지지 않았다. 차야이마도 이안과 눈동자만 마주치면 코를 벌렁거렸다. 행복한 길이었다.

그러나 다섯 날을 가도 초록의 눈동자는 보이지 않았다.

그렇게 이틀을 더 가도 나타나지 않았다. 물과 식량은 자꾸 줄었고, 그들과 낙타는 밤낮의 기온차에 지칠 대로 지쳐 있었다. 사막은 낮에는 사람을 삶을 정도로 뜨겁다가도 밤이 되면 견디기 어려울 정도로 추웠다. 하루 내내 더위로 허덕이던 몸에 갑자기 추위가 닥치면 온몸의 뼈마디가 부러질 듯 쑤셨다. 이런 일이 날마다 되풀이되었다.

어린 세인과 연리는 견디기 어려웠다.

"얼마나 더 가야 되나요?"

얼굴이 하얗게 변한 세인이 물었다.

"그건 아무도 몰라."

이안이 담담히 말했다.

"우리 함님은 우리를 그냥 놓아두지 않으실 겁니다."

입술이 바싹 마른 연리가 희미하게 웃으며 말했다. 이안은 연리의 손을 꼭 잡았다. 연리는 '눈으로 말하는 아이'가 아니라 함님이 초원에 내린 별꽃이라는 생각을 하고 있었다. 겨우 열다섯 살 밖에 되지 않은 아이가 어쩌면 저렇게 침착할까? 이안은 연리의 손을 잡아 가만히 자신의 입술에 댔다.

몬라이가 걱정스럽게 말했다.

"노파의 말은 틀렸소. 이런 사막에 어떻게 물이 있겠소? 낙타가 쓰러지면 우리는 모두 죽어요. 이쯤에서 그 물가로 다시 돌아가는 게 어떻겠소?"

그러나 이안은 딱 잘라서 말했다.

"그 노파는 거짓말할 분이 아닙니다. 나는 노파의 눈을 보았습니다. 먼 옛날부터 초록의 눈동자에 도달하기 위해서는 두 가지의 시련을 이겨 내야 한다고 하지 않았습니까? 목마름과 의심. 틀림없이 조금만 더 가면 초록의 눈동자가 나오겠지요. 참고 갑시다."

그들은 모두 힘을 냈다. 그리고 드디어 지도에 '악마의 골짜기'라고 쓰여 있는 곳에 이르렀다. 검은 바위들이 몰려 있는 기분 나쁜 골짜기였다. 그들은 얼른 지나치려고 하였으나 느닷없이 대장인 차야이마가 멈춰 섰다. 이안은 차야이마를 절대적으로 믿었다. 일단 사막에 나오면 차야이마에게 모든 것을 맡겨야 한다고 생각했다.

다른 낙타들도 차야이마를 따라 모두 걸음을 멈췄다. 워낙 영리한 차야이마는 그렇지 않았지만, 낙타란 참 까다로운 짐승이어서 어쩌다 비위가 거슬리면 아무데서나 꼼짝 않는 심술을 부렸다. 그들은 내키지 않았지만 거기서 밤을 지낼 수밖에 없었다.

소루족은 밤중에 악마의 소리를 들으면 반드시 불행한 일이 생긴다고 믿었다. 한밤중에 이안이 이상한 소리에 눈을 떠보니 연리와 세인이 담요를 뒤집어쓰고 기도문을 외우고 있었다.

"하늘에 계신 우리 함님……."

소루 부족 최고의 전사답게 몬라이는 코를 골며 태평하게 자고 있었다. 이안이 천막집 밖으로 나가 보니 사방에서 흐느끼는 듯 중얼거리는 이상한 소리가 들려왔다. 온몸에 소름이 돋았다. 한참이 지나자 다시 세상이 조용해졌다.

"악마의 소리 들으셨어요?"

세인이 눈을 동그랗게 뜨고 물었다.

"그건 악마의 소리가 아니란다. 그건……."

그러나 세인은 더 듣지 않고, 다시 담요를 뒤집어쓰고 기도를 하기 시작했다. 그 모습을 보면서 이안은 싱긋 웃었다. 귀여웠던 것이다. 아직도 세인은 어린아이라는 생각이 들었다. 그건 연리도 마찬가지였다. 똑같이 담요를 뒤집어쓰고 함님에게 기도를 하는 그들을 보면서 이안은 행복한 미소를 지었다.

다음 날 아침.

이안은 천막집 둘레를 살펴보았다. 바위마다 쩍쩍 갈라져 있었다. 귀신의 정체는 바로 그것이었다. 뜨겁게 달궈졌던 바위들은 밤이면 오그라들면서 금이 가고 갈라졌다. 악마의 소리란 돌이 갈라질 때 나는 소리였던 것이다.

그러나 그녀는 아무 말도 하지 않았다.

그들이 악마의 골짜기를 빠져나오자 너른 사막이 나타났다.

바로 그때 몬라이가 급하게 외쳤다.

"사라안족이다!"

그들은 모두 제정신이 아니었다. 모두들 부들부들 떨면서 어찌할 바를 몰랐다. 사라안족은 푸른 옷을 입고 있었다. 그들은 바람같이 나타나 사람들을 습격하고는 바람같이 사라져 버리는 '푸른빛 저승사자'였다. 이안은 눈앞이 캄캄했다. 사라안족은 분명히 이안 일행을 보고 달려오고 있었다. 머리털이 곤두섰다. 이안은 재빨리 세인과 연리를 바라보았다. 저 애들만이라도 살릴 수 있다면.

그러나 이미 때는 늦어 있었다. 저들 눈에 띈 이상 살아날 길이 없음을 그녀는 잘 알고 있었다. 잠깐의 시간이 흘렀다.

그 사이 멀리 콩알만 하던 사라안족의 모습이 점점 뚜렷해졌다. 그러나 그녀의 일행은 얼이 빠져 그저 멍청하게 서 있을 뿐이었다. 다른 방도가 없었던 것이다. 지금 달아난다고 해도 결국 얼마 가지 않아 붙잡힐 것이었다. 이안은 자신도 모르게 다시 무릎을 꿇었다. 연리 역시 무릎을 꿇고 앞으로 손을 모았다.

달이여 우리를 도우소서.

태양이여 우리를 풀어 주소서.

큰곰자리 별이여 지혜를 주소서.

우리가 모르는 문을 통해

우리에게 생소한 길을 통해

우리를 가두고 있는 이 작은 둥지에서

이같이 좁은 이 땅에서

우리가 찾아가는 그 푸른 땅으로

그 맑은 바람 속으로 우리를 인도하소서.

하늘의 달이,

그리고 태양이 빛나도록.

그들의 기도가 끝나자 갑자기 사라안족의 모습이 작아지기 시작했다. 그들은 동쪽으로 달려가고 있었다. 까닭을 몰라 어리둥절해 하던 몬라이가 무심코 뒤를 돌아보다가 소스라치게 놀랐다.

"모래바람이다!"

말이 끝나기도 전에 엄청난 모래알 폭풍이 그들을 덮쳤다. 눈

감짝할 사이에 그들은 모래에 묻혀 버렸다. 그러나 다행히 모두 무사히 모래를 헤집고 나올 수 있었다. 모래바람이 그들을 사라안족으로부터 구해 준 것이다.

"은혜로우신 함님!"

"은혜로우신 함님!"

이안과 연리는 감사의 기도를 올렸다.

그러나 사라안족을 벗어나긴 했어도 물은 어디에도 없었다. 또 언제 사라안족을 만나게 될지도 모를 일이었다. 걷잡을 수 없는 불안이 그들 모두에게 닥쳤다. 더구나 이미 물과 식량은 바닥난 지 오래였다.

"다 틀렸어요. 우린 이제 끝장이에요."

세인의 얼굴은 두려운 빛이 역력했다.

그들은 모두 지친 낙타 등에서 내려왔다. 그리고 맥없이 타박타박 걸었다. 걷다가 쓰러지면 그 자리가 곧 무덤이라는 것을 그들은 잘 알고 있었다. 그러기를 이틀째 되던 날 저 멀리 죽음의 그림자가 어른거리는 듯할 즈음 낙타들의 걸음이 빨라지고 있었다.

"물 냄새를 맡은 모양이다!"

이안의 말에 모두들 기운을 차렸다. 얼마 가지 않아 오아시스가 나타났다.

"야호!"

"야호!"

세인과 연리가 소리를 질렀다.

나무 그늘에는 맑은 샘이 솟고 있었다. 너도나도 샘을 향해 달려들 찰라 이안이 소리를 질렀다.

"안 돼, 독 샘물이다!"

모두들 그 자리에 우뚝 멈춰 섰다. 과연 샘 가까이에는 짐승들의 뼈가 드문드문 흩어져 있었다. 독을 지닌 샘물이었다. 사라안족이 샘에 독을 풀었던 것이다. 그렇다면 서둘러 떠나야만 하였다. 그러나 그들은 더 이상 움직일 수가 없었다. 땅거미가 지고 있었다.

"저 바위 계곡 아래 천막을 쳐요."

연리가 조심스럽게 말했다.

이안과 몬라이가 고개를 끄덕였다. 허허벌판보다는 나았지만, 사라안족의 습격을 받는다면 독 안에 든 쥐의 신세가 되는 지형이었다. 그러나 이제 운명은 하늘에 맡기는 도리밖에 없었다. 어차피 이곳에서 사라안족을 만나게 되면 죽을 수밖에 없었다. 도망칠 아무런 수단이 없었던 것이다. 그러나 사라안족은 다음이었다. 당장 그들에게는 한 방울의 물도 없었다. 해는 져서 어두운데 그들의 목은 타들어가기 시작했다.

"낙타를 죽여서……"

몬라이가 조심스럽게 말했다. 낙타의 피를 마셔야 된다는 뜻이었다.

"그건 안 됩니다."

이안이 고개를 흔들었다.

"비록 짐승의 탈을 쓰고 있지만 낙타는 우리 가족이에요. 가족의 피를 먹는 사람은 없답니다."

"그래도 우리가 살아야 하지 않겠소?"

그때 연리가 생긋 웃었다.

"이리 오세요."

세 사람은 영문을 알지 못했다.

연리는 검은 바위를 핥기 시작했다.

"아!"

이안의 입에서 탄성이 터져 나왔다. 지혜로운 연리. 이안은 연리 곁으로 달려가 함께 바위를 핥았다. 그리고 품 안에 가득 연리를 안았다.

"우리의 자랑스런 연리!"

그제야 세인과 몬라이도 한껏 웃었다. 그들도 이안과 연리처럼 한참동안 바위 위에 맺힌 이슬을 핥았다. 낮과의 기온 차이가 엄청난 사막의 밤 바위는 늘 흥건히 젖어 있었던 것이다. 연리 덕분에 낙타들도 갈증을 면할 수 있었다.

"어머니, 우리는 어떻게 될까요?"

세인이 옛날처럼 조심스럽게 물었다.

이안이 연리를 바라보며 빙긋 웃었다.

"우리에게는 초원의 별 연리가 있다. 결국 우리는 초록의 눈동자로 가게 될 거다."

세인은 이안의 말뜻은 잘 알지 못했지만 기분은 좋았다. 그리고 틀림없이 초록의 눈동자로 가게 된다는 확신이 섰다. 바로 그때였다.

"우우웅!"

"우우웅!"

늑대의 울음소리가 여기저기에서 들려왔다. 그들은 사방을 둘러보고는 소스라치게 놀랐다. 어느 틈에 수많은 늑대들이 천막 집을 에워싸고 있었다. 몬라이와 세인은 큰 바위 옆에 숨어 활을 쏘기 시작했다. 골짜기는 순식간에 늑대들의 울부짖음으로 가득했다. 불을 쓸 수 있으면 좋으련만, 만약 불을 쓰게 된다면 그 불빛은 사방 몇십 리를 가게 될 것이다. 그렇게 되면 사라안족은 금방이라도 찾아올 것이다. 그들이 믿을 수 있는 건 몬라이와 세인의 활솜씨뿐이었다.

"제일 앞에 오는 늑대의 정면을 쏘아라."

몬라이는 침착하게 말했다. 물론 세인도 알고 있었다. 늑대는 눈과 눈 사이에 화살을 정통으로 맞으면 바로 고꾸라졌다. 얼마나 쏘았을까? 늑대들은 몬라이와 세인이 시위를 당길 때마다 쓰러졌지만 어디서 나타났는지 그 수가 자꾸만 불어 갔다. 늑대의 피 냄새가 또 다른 늑대들을 부르고 있었다.

그들은 밤새도록 늑대 떼와 숨 막히는 싸움을 벌였다. 뿌옇게 동이 트고야 늑대들은 그들을 단념하고 슬금슬금 달아났다. 천막 옆에 수없이 많은 늑대들의 시체가 나뒹굴고 있었다. 정말 악몽 같은 밤이었다. 이안과 연리는 늑대들의 몸에 박힌 화살을 뽑아 활통에 넣었다.

"우리 세인도 이제 완전한 소루족의 전사다!"

이안이 그렇게 말했을 때 세인은 연리를 힐끗 쳐다보았다.

연리가 세인 앞에 무릎을 꿇고 소리쳤다.

"소루족 전사 중의 전사여, 죽을 때까지 연리를 지켜 주소서!"

세인이 연리의 손을 잡고 응답했다.

"나의 연리, 그대는 하늘나라에 가서도 이 세인이 지키리다!"

이안과 몬라이는 세인과 연리의 장난을 지켜보면서 한껏 웃었다. 행복했다. 그러나 이안과 몬라이의 가슴 한 구석엔 노파가 한 말이 지워지지 않아서 불안했다.

그대들은 그대들의 운명에 따르리라

다시 해가 뜨자마자 바위 위에 맺힌 이슬방울은 몽땅 사라져 버렸다.

마실 물은 전혀 없었다. 지도에 표시된 우물은 아무리 보아도 없었다.

"비다!"

세인이 좋아서 소리를 질렀다. 그러나 그것은 비가 아니었다. 먹구름이 지평선 끝에서 밀려오더니 어느새 굵은 우박이 되어 떨어졌고 그것은 눈 깜짝할 사이에 사방을 하얗게 덮었다. 그들은 허겁지겁 흩어진 우박을 씹었다. 낙타들도 모래 바닥을 핥았다. 다행히 지독한 목마름은 면할 수 있었다.

그러나 갑자기 돌개바람이 몰려와 그들이 있는 곳은 금방 모래 늪이 되어 버렸다. 낙타들은 늪에서 꼼짝을 하지 못했다. 조심스럽게 고삐를 끌고 나갔는데도 맨 뒤에 섰던 가장 어린 낙타 두키가 쿵 소리를 내며 쓰러졌다. 연리가 억지로 두키를 일으켜 세우려고 하였으나 헛일이었다.

세인은 어찌할 바를 몰라 소리를 지르면서 어린 두키를 막 두들겼다. 그렇게 절룩거리는 두키를 가까스로 끌고 그들은 어렵게 늪을 건넜다. 연리는 덤불을 베어다 두키의 잠자리를 마련하고 어깨도 주물러 주었다. 연리는 두키를 껴안고 눈물을 글썽이며 다리가 낫기를 빌었다. 그때 저만치에 야생 낙타 몇 마리가 나타났다.

"짝을 찾아다니는 야생 낙타들은 무척 사납다. 언제 우리들을 공격할지 모른다. 그때는 망설이지 말고 죽여라."

몬라이가 세인에게 충고했다.

멀리서 그들을 살피며 멈칫멈칫 다가오던 야생 낙타들은 암컷이 있다는 걸 알자 갑자기 사나운 기세로 달려왔다. 몬라이와 세인이 빠르게 활을 잡았다. 낙타들은 어느새 가까이 와 있었다. 그들은 머뭇거리지 않고 활을 당겼다. 맨 앞에 섰던 놈은 두 방을 맞고서야 돌아서더니 비틀거렸다. 그리고 쓰러졌다. 독을 묻힌 화살이었다. 한 방을 더 쏘자 나머지 두 마리는 쏜살같이 달아났다.

그들은 죽은 야생 낙타의 고기를 먹었다. 소루족은 초원의 다른 부족과 달리 여간해서 낙타의 고기는 먹지 않았다. 그러나 살기 위해서는 어쩔 수가 없었다. 야생 낙타를 만나지 못했다면 함께 순례의 길에 나선 자신들의 낙타 고기라도 먹을 판이었다. 모두 말이 없었다. 이안은 소리 내어 기도를 올릴 수도 없었다. 생각과 달리 쏠리족인 연리는 아무렇지도 않게 낙타의 고기를 먹었다. 그나마 다행이었다.

그들은 모래언덕에서 다시 밤을 새울 수밖에 없었다. 어둠이 깔렸다. 하얀 모래 위에 넘실대는 작은 모닥불 빛이 달빛에 씻겨 부서지곤 하였다. 동료를 잃은 야생 낙타들의 우는 소리가 밤새도록 들려왔다. 새벽녘에 눈을 떠보니 멀지 않은 덤불 속에서 한 놈이 기회를 엿보고 있었다.

먼저 달려들지 않는 한 활은 쏘지 않아야 했다. 그런데 느닷없이 두키가 뛰쳐나갔다. 붙잡으려고 해도 소용이 없었다. 다른 낙타들도 두키를 따라나섰다. 몬라이와 세인이 할 수 없이 자신들의 낙타를 향해 활을 쏘았다. 어쩔 수 없는 일이었다. 그렇게 하지 않으면 영리한 차야이마를 제외한 모든 낙타들이 야생의 낙타를 따라갈 판이었다. 야생 낙타를 따라가던 두 마리의 낙타가 차례로 쓰러졌다. 그러자 주춤 낙타들이 동작을 멈췄다. 그렇지만 몇 마리의 낙타들은 이미 야생의 낙타들을 따라가 보이지 않았다.

이안은 마음속에서 울려 나오는 세 가지 목소리에 미칠 것 같았다. 지독한 목마름과 지겨운 모래언덕, 낙타를 죽인 죄책감이 끊임없이 머릿속을 어지럽혔다. 이안은 끝없이 펼쳐지는 모래언덕에 멈춰 서서 흐느끼며 기도하였다.

"하늘이시여, 제발 다음 언덕 너머에 우물이 있기를 바랍니다. 아니라고요? 그렇다면 다음 언덕 아니 다음다음 언덕이라도 좋습니다."

그녀는 정신 나간 사람처럼 소리를 지르며 함에게 매달렸다. 연리가 애처롭게 울면서 이안의 손을 잡았다. 그녀는 정신없이 울면서 모래언덕을 넘었다. 그러나 아무것도 보이지 않았다. 그들은 걷고 또 걸었다. 아주 많이 걸었다. 도중에 낙타 두 마리를 잃어버렸다. 남아 있는 낙타 중 한 마리도 발에 큰 구멍이 났다.

그들은 모두 걸을 수 없을 만큼 엉덩이가 아팠다. 그렇다고 가족 모두의 삶을 여기서 끝낼 수는 없었다. 그렇게 생각하자 무서운 생각이 닥쳤다. 그러나 다음 순간 잃어버린 낙타들이 돌아왔다. 천만다행이었다. 뜨거운 바람은 온종일 그들의 얼굴을 할퀴고 갔다.

"이런 순례가 우리 가족의 삶과 무슨 연관이 있을까?"

그들은 처음으로 자신의 부족을 원망했다.

그들이 걷고 있는 길은 여태껏 지나온 길 중에서도 가장 험한 길이었다. 그들은 잠잘 때마다 늑대를 잡으려고 독이 든 미끼를 놓았다. 더 이상 낙타 고기를 먹지 않기 위해서였다. 그것을 성질 급한 검은 낙타 두키가 먹을까 봐 입에 재갈을 물렸다. 그러나 두키는 끝내 재갈을 물어뜯어 버렸다. 그리고 끝내 쓰러졌다. 독을 묻힌 미끼에 입을 댄 것이다. 두키는 차야이마가 낳은 수컷 낙타였다.

"괜찮을까요?"

연리가 근심스럽게 이안에게 물었다.

"물!"

이안은 대답 대신 목숨보다 아까운 물을 두키의 입에 흘려 넣었다. 그래서인지 두키는 약간 버둥대다가 일어섰다. 그렇지만 눈동자는 이미 빨갛게 충혈되어 있었다.

"그 아까운 물을……."

세인이 중얼거렸다.

"우리 연리가 가장 아끼는 낙타다."

이안은 한마디로 잘랐다.

"아무리 그래도 우리도 못 먹는 물을 다 죽어 가는 낙타에게 먹여요? 십중팔구 두키는 살지 못해요."

세인은 아주 노골적으로 말했다. 사실 세인의 말이 맞았다.

"죽어가기 때문에 물을 먹이는 거다."

이안이 조용히 대답했다.

몬라이와 연리는 잠자코 서 있었다. 힘겹게 걷는 두키의 고삐를 연리가 잡았다.

마침내 사막 멀리 산봉우리 다섯 개가 보였다. 우뚝 선 봉우리는 마치 공중에 떠서 그들을 손짓해 부르는 것 같았다. 미친 사람이나 말 못하는 사람 귀에만 들리는 유령 소리 같았다. 그리고 막 달려가고픈 마음을 달래느라고 혼이 났다. 신기루였다.

밤은 믿을 수 없을 만큼 아름다웠다. 황금빛을 뿜으며 타오르는 모닥불 옆에서 그들은 마른 덤불을 모아 잠자리를 만들었다. 언제까지나 머물고 싶은 참으로 아름다운 밤이었다. 그러나 그들은 나흘째 되던 날 눈물을 뿌리며 그곳을 떠나야 했다. 독 미끼를 잘못 먹고 버둥대는 두키를 죽여야만 했던 것이다.

"히히힝!"

차야이마의 외마디 비명에 잠을 깼을 때는 두키는 울부짖고 있었다.

"이제 죽여야 한다."

몬라이가 짤막하게 말했다.

연리가 고개를 흔들었다.

"그렇지 않으면 늑대들이 몰려올 거다."

"꼭 그렇게 해야 하나요?"

연리가 이안을 쳐다보았다.

이안이 조용히 연리의 손을 잡았다.

"애야, 이제 우리가 두키를 편하게 해 주어야 한다. 이 길은 누구나 한 번은 가야 하는 길이다. 이 세상 누구도 그것을 비켜갈 수는 없다. 다만 두키는 우리보다 늦게 와서 우리보다 먼저 가야 하는 것뿐이다. 너는 이 슬픔을 꼭 기억해 두어야 한다."

이안의 말이 끝나자 몬라이가 칼을 꺼내 들었다. 그리고 두키에게 다가갔다. 몬라이의 재빠른 칼질, 순식간에 몬라이의 칼을 목에 받은 두키는 사지를 늘어뜨렸다.

"두키!"

연리가 두 손으로 눈을 가리며 외쳤다.

차야이마는 앞발을 들고 울부짖었다. 이안은 차야이마의 마음을 알고 있었다. 새끼를 잃은 어미의 슬픔. 이안은 자신의 얼굴을 몸부림치는 차야이마의 코에 갖다 댔다. 낙타들 중에 가장 장난꾸러기였던 두키. 모래 바닥에 누운 두키의 얼굴을 연리가 어루만지고 있었다. 연리의 눈에서는 하염없는 눈물이 흘러내렸다.

연리는 어느 낙타보다 장난꾸러기인 두키를 좋아했었다.

"초원의 검은 별, 두키, 이제 함님의 품 안에서 훌륭하게 자라렴."

이안이 연리에게 다가갔다.

"아가, 두키의 눈을 감겨 주렴."

연리는 하얗게 눈을 뜨고 죽은 두키의 눈을 아래로 감겼다.

"어머니, 함님이 우리 두키를 잘 받아 주실까요?"

"함님은 죽은 모든 영혼들을 잘 돌보시는 분이다. 더구나 어려서 죽은 가여운 모든 영혼들의 아버지지."

두키의 조그만 무덤이 만들어졌다. 차야이마는 자기 아들 무덤을 돌면서 고개를 숙였다. 모래언덕에 묻혀 누구도 맡을 수 없는 두키의 냄새를 맡고 있었다. 이안이 천천히 차야이마의 고삐를 끌었다. 처음에는 자꾸 두키의 무덤을 돌아보던 차야이마도 안정을 찾았다.

그들은 여전히 걸었다. 날마다 똑같은 일이 반복되었다. 그러다가 노파가 말한 꼭 열흘 째 아침부터 비가 퍼붓기 시작했다. 바람이 사납게 불자 아무것도 보이지 않았다. 그들은 무턱대고 걸었다. 그리고 마침내 구름 한 점 없는 지평선 위에서 까만 물체를 발견했다.

해 질 무렵 그들은 마침내 전설 속에 있는 호수, 초록의 눈동자
에 닿았다.

"아, 아!"

"아, 아!"

그들은 모두 아무 말도 하지 못하고 하늘을 향해 꿇어앉아 기
도를 올렸다. 합창이었다.

아, 아!

은혜로우신 함님.

당신의 아들

해님이 저희의 기도를 들어주었습니다.

당신의 딸

달님이 저희의 기도를 들어주었습니다.

우리는 당신의 인도로

초록의 눈동자에 닿았습니다.

이제 다시

우리가 모르는 문을 통해

우리에게 생소한 길을 통해

당신의 장소로 우리를 인도하소서.

초록의 눈동자.

얼음이 녹은 물이 고여서 생긴 호수였다. 그들은 백사장 너머 수평선을 붉게 물들인 저녁놀의 아름다움에 그만 넋을 잃고 말았다. 검은 산이 점점 눈앞으로 다가왔다. 끝없는 벌판을 벗어나 호수를 발견했다고 생각하자 그들은 제정신이 아니었다. 그들이 마침내 작은 언덕에 닿았을 때 아래를 내려다본 그들은 그만 숨을 멈추고 말았다.

"우아!"

"아, 아!"

세인과 연리가 서로 껴안고 울고 있었다.

그들은 마구 달려 내려갔다. 그리고 푸른 잔디밭에 닿자 몸을 내던졌다. 연리는 풀밭에 얼굴을 파묻고 미친 듯이 냄새를 맡았다. 거기엔 꽃도 있었다. 노란 양귀비, 화려한 버드나무 풀. 하얀 모래 빛만 보아 온 그들에게 그것들은 너무나 눈부신 아름다움이었다. 그들은 웃다가 울었다. 울다가는 또 웃었다.

"고마우신 함님."

물이 많다는 것 하나만으로도 호수는 기쁨, 그 자체였다. 낙타

85

들은 엄청난 물을 처음 보고 도무지 믿기지 않는 듯 허둥댔다. 그것은 낙타들만이 아니었다. 그들도 마찬가지였다. 그들은 몇 걸음 걷다가 바다 같은 호수를 바라보고, 또 몇 발자국 옮기고 나서 호수를 바라보기를 몇 차례나 거듭하였다.

차야이마는 아무렇지도 않은 척했지만 두 눈은 놀라움으로 가득 차 있었고, 귀는 바짝 곤두서 있었다. 차야이마는 호숫가의 물이 자기 발등으로 밀려올 때마다 춤추듯 뛰면서 수줍어했다. 그 바람에 연리는 하마터면 호수 속으로 굴러떨어질 뻔하였다.

이안이 소리쳤다.

"얘들아, 물이다 물! 이게 몽땅 물이야!"

"물이다!"

그들은 큰 소리로 외쳤다.

"함님, 고맙습니다."

"제발 신기루가 아니길."

이안은 눈물을 글썽였다.

그들은 파란 물이 찰랑거리는 호숫가의 따뜻하고 부드러운 풀밭 위에 천막집을 지었다. 오리가 물가 갈대밭 속으로 몸을 구부리는 것이 보였다. 순록은 새끼를 데리고 물 마실 곳을 찾으려 기웃거리고 있었다. 멧새가 즐거운 듯 지저귀자 연리가 더는 못 참고 물속으로 첨벙 뛰어들었다. 순록이 놀란 눈으로 그들을 바라보았다.

바로 그때 하늘에서 목소리가 들렸다.

몬라이, 그대는 천하의 명궁이지. 그런데 누군가 자네를 해치러 와서 그대가 동서남북을 향해 화살을 쏘았다고 하자. 그런데 그가 화살이 땅에 떨어지기 전에 하나하나 붙잡는다고 한다면, 그 사람은 과연 빠른 사람이라고 할 수 있겠는가?

그들은 모두 땅에 엎드렸다.
초록의 눈동자 여신임을 모두 알아차린 것이다.
몬라이가 고개를 들고 감격에 젖어 말했다.
"여신이시여, 그 사람은 저보다도 몇 배나 빠른 사람입니다."

몬라이 가족들이여, 그렇지만 화살을 잡는 것보다 훨씬 빠른 것이 있다. 달과 별이 하늘을 달리는 속도는 더욱 빠르다. 그런데 달과 별보다 더 빠른 것이 있다. 인간의 수명이 흐르는 속도는 달과 별보다 훨씬 빠르다. 그것을 알겠느냐?

"알겠습니다."

그들은 모두 그렇게 말했다.

그리고 이안이 조용히 물었다.

"초록의 눈동자 성자시여, 당신의 눈은 왜 푸릅니까?"

푸름이 짙어지면 초록이 된다. 이 호수는 하늘과 같다는 뜻이다. 하늘은 쉼이 없다. 그렇기에 이 호수 또한 한 곳에 머물지 않는다. 이제 그대들이 내게 경배하였으니, 내 그대 부족이 해와 달에게 화살을 쏜 크나큰 잘못을 용서할 것이다. 돌아가 그대들의 형제들에게 전하라. 그대들의 고향은 언제나 이곳임을. 그리고 전하라. 해와 달, 그리고 별이 아무리 빠르다고 하나 그대들이 가지고 있는 세월은 그것보다 훨씬 빠르다는 것을. 그리고 기억하라. 바람에 돛을 맡긴 운명은 아무도 막을 수 없다. 하늘이라도.

그들은 춤추고 노래하였다.

세상에서 가장 행복한 시간, 그들은 그곳에서 세인과 연리의 결혼식을 올렸다. 연리의 머리에는 수많은 별꽃이 매달려 있었다. 백 년에 한 번, 아니 그것도 정확하지 않았다. 초록의 눈동자를 찾아 떠난 소루 부족 중에 돌아온 사람은 없었다. 아무도 이곳까지 오지 못했던 것이다. 전설 속의 초록의 눈동자를 경배하여 전설이 된 세인의 가족은 눈물을 흘리며 서로를 축하했다.

"소루 전사여, 그대는 연리와 하늘나라 풀밭까지 함께 갈 수 있겠느냐?"

몬라이가 엄숙하게 아들 세인에게 물었다.

"하늘나라 풀밭이 아니라 지옥이라도 함께 갈 것입니다."

세인이 씩씩하게 대답했다.

"어여쁜 쏠리 부족의 딸이여, 그대는 용맹한 소루 전사를 따라 지옥 끝까지라도 함께 갈 수 있겠느냐?"

이안이 연리에게 물었다.

"저는 살아서나, 죽어서나 영원히 용맹스런 소루 전사, 세인과 함께 하겠습니다."

연리가 행복에 겨워 말했다.

"그러면 이제 너희들은 부부가 되었다. 이 세상의 모든 끈이 떨어져도 너희들의 끈은 떨어지지 않으리라."

몬라이와 이안이 새로운 부부를 축복했다. 그 순간 초록의 눈동자 수면은 유리알처럼 반짝였고, 황금보다도 노랗게 빛났다. 꽃들의 천지, 별들의 화원, 그곳에서 그들은 행복한 일주일을 보냈다. 이제 돌아가야 할 시간이었다. 하루라도 빨리 이 기쁜 소식을 전해 주어야만 했다. 마침내 소루 부족이 초록의 눈동자 여신으로부터 용서를 받았다고. 그러나 하늘은 결코 좋은 일만을 준비하지는 않았다.

"나는 가고 싶지 않습니다."

세인이 몬라이에게 정면으로 맞섰다.

"너는 소루 부족이라면서 연리가 그 노파의 뺨에 입맞춤을 하는 것도 허락하지 않았다. 어째서 지금 와서 소루족에게 돌아가지 않겠다는 것이냐?"

조용하게 몬라이가 말했다.

"좋은 전통은 간직합니다. 그러나 다시 그곳으로 가는 길은 험하고, 그곳으로 갔다고 해도 우리의 앞날은 등불처럼 위태롭습니다. 우리는 결국 사라안족에게 패할 것입니다. 그러면 어떻게 되는 줄 아시지요?"

세인의 말은 조금도 틀린 말이 아니었다.

"그렇다면 너는 우리 가족이 살아남기 위해 부족을 배신하라는 말이냐?"

몬라이의 눈이 커졌다. 당장이라도 칼을 빼들 기세였다.

"우리 가족만이라도 이곳에 살고 싶을 뿐입니다."

"그렇게 되지 않는 줄 너는 누구보다 잘 알고 있지 않느냐?"

"달의 눈물방울은 하루하루 물이 말라가고 있습니다. 머지않아 그곳은 독수리와 늑대도 살지 못하는 곳이 될 것입니다. 더구나 사라안족은 우리 소루 부족을 멸망시킬 날만을 기다리고 있습니다. 사라안은 우리 부족보다 다섯 배나 많습니다. 만약 그들의 포로가 되면……."

"그만!"

몬라이가 소리쳤다.

그러나 세인은 멈추지 않았다.

"우리는 반드시 죽을 것입니다. 어머니와 연리는 그들의 노예가 되어 죽을 날만을 기다리게 될 것입니다. 아버지도 그것을 잘 알고 있지 않습니까?"

"그렇다면 더더욱 우리가 이곳에 있으면 안 되지."

세인이 고개를 흔들었다.

"어차피 소루는 사라안에게 정복될 겁니다."

"이놈!"

몬라이가 칼을 빼들었다. 몬라이는 가족 누구에게도 큰소리한 번 낸 적이 없었다. 그런데 지금 아들 세인을 향해 칼을 겨누고 있었다. 세인의 얼굴엔 두려움이 가득했지만 물러서지 않았다.

"저는 달의 눈물방울로 가지 않을 것입니다!"

몬라이는 끓어오르는 분노로 말을 잇지 못했다. 마치 죽일 듯세인을 향해 칼을 겨누었다. 언제나 소루 제일의 전사를 자처한몬라이, 그런 몬라이의 입장이고 보면 세인이 아무리 아들이라고 해도 그냥 둘 수 없는 일이었다.

"너는 더 이상 소루의 전사가 아니다!"

이안은 눈을 감았다. 한편으로는 남편 몬라이의 말이 맞았고, 한편으로는 아들 세인의 말이 맞았다. 누구의 편도 들 수가 없었다. 이안은 아들 세인을 향해 칼을 빼든 몬라이에게 놀라 입이 굳어져 버렸다.

"세인!"

이안이 한 말은 그것이 고작이었다. 숨이 가빴다. 남편의 직선적인 성격이라면 설령 세인이 아들이라고 할지라도 언제 칼을 휘두를지 모를 일이었다. 몬라이는 목숨보다도 부족을 사랑했다. 어머니의 가슴에 화살을 박고도 그가 버틸 수 있었던 것은 바로소루 부족 전사였기 때문이었다.

"네가 소루족의 전사가 아니면 더 이상 나의 아들도 아니다! 우리 소루족은 전쟁에 패한 자는 용서한다. 그러나 부족을 배신한 자는 결코 용서하지 않는다. 그가 부모나 자식이라 할지라도."

몬라이는 칼을 하늘로 쳐들었다.

"저도 아버지처럼 소루족의 전사이고 싶습니다. 그러나 가족을 끌고 죽음을 향해 가는 소루족의 전사이고 싶지는 않습니다!"

세인은 울고 있었다.

"그렇다면 이제 너는 내 칼을 받아야 한다!"

몬라이의 칼이 정확하게 세인의 목을 겨누었다.

그때 연리가 천천히 가늘고 하얀 오른손을 들었다.

그것은 전쟁터에서 돌아온 소루 전사들에게 노래를 들려주던 이안의 동작이었다. 세 사람 모두 연리를 쳐다보았다. 연리는 오직 세인을 쳐다보며 조용히 말했다. 연리의 말은 한없이 부드러웠다.

"소루의 전사여, 나는 말없이 울고 있는 어머니의 말을 전합니다. 달의 눈물방울이 아무리 황량한 곳이라도 그곳 한 포기의 풀은 우리 어머니의 머리칼이요, 한 개의 돌은 우리 어머니의 뼈요, 한줌의 흙은 우리 어머니의 살이요, 그곳 한 모금의 물은 우리 어머니의 피랍니다……."

이슬 맺힌 눈으로 연리가 초원 저편을 바라보았다.

"그러나 그곳에 사는 우리 부족은 그 풀과 돌, 그리고 그 흙과 물을 합친 것보다 몇 배나 귀한 우리의 형제들이랍니다. 이 세상을 주고도 바꿀 수 없는.”

정말로 그것은 이안이 세인에게 하고 싶은 말이었다.

‘어쩌면 저렇게 내가 하고 싶은 말을 또박또박 할 수 있을까? 이제 연리는 ‘눈으로 말을 하는 아이’가 아니라 어엿한 소루의 ‘노래하는 전사’가 되었구나.’

이안의 눈에서는 하염없이 눈물이 흘러내리고 있었다.

“연리!”

“아버지, 용서해 주셔요!”

다른 말이 필요 없었다. 이안이 연리를 끌어안았고, 곧바로 세인이 몬라이 앞에 무릎을 꿇었다. 칼을 내려놓은 몬라이는 눈물 젖은 눈으로 연리를 쳐다보았다. 몬라이의 뺨도 소리 없이 흘러내리는 두 줄기 눈물로 흠뻑 젖어 있었다.

달의 눈물방울로 돌아오는 길은 어디 있는지도 모르는 초록의 눈동자를 찾아 헤매는 일보다 몇 배나 쉬웠다. 그러나 가장 무서운 것은 사라안족이었다. 그들은 사라안족을 피해 몇백 리를 돌았다. 그러는 사이 그들이 가지고 있는 물은 모두 떨어졌다.

그들은 수없이 사막을 헤매다가 지쳐 마침내 삶을 포기할 지경에 이르렀다. 몬라이와 세인이 모래언덕 밑을 무덤 자리 삼아 드러누웠다. 그러나 이안과 연리는 걷다가 죽겠다는 생각으로 마지막 힘을 다해 모래언덕을 기어올랐다. 언덕에 오르자 기적인 양 그들의 눈앞에 어른거리는 천막들이 있었다. 그들은 신기루인가 싶어 눈을 부볐다. 아, 아. 초원의 소루 부족. 그들은 끝내 소루 부족이 마을을 이룬 달의 눈물방울 근처에 닿았던 것이다. 그러나 그들은 그곳까지 갈 기운이 남아 있지 않았다. 그때 연리가 조그만 손거울을 꺼내 부족의 중앙 천막집으로 햇빛을 되쏘았다.

반짝반짝.

반짝반짝.

그것은 그들의 사그라지던 생명의 불꽃을 다시 일으키는 빛이었다.

물의 전쟁

바람이 불었다.
바람이 불었다.

대초원, 초원의 물을 둘러싼 처절한 전쟁. 물은 곧 생명이었다. 물을 얻는 것은 누구에게도 양보할 수 없는 한판 승부였다. 사라안족이 메말라 가는 초원에서 물이 많은 곳, 소루족이 사는 달의 눈물방울을 가만둘 리 없었다. 소루족도 사라안족의 침입에 대비하고 있었다. 그러나 세인의 말처럼 승부는 이미 결정된 일이었다.

수적으로 소루족은 사라안족의 상대가 되지 못했다. 그러나 소루족은 그 어느 부족보다 용감했다. 자신들의 물을 빼앗기고 물러날 수는 없었다. 꼭 물 때문이 아니었다. 사라안족에게 순순히 물러난다면 초원 어디에도 그들이 갈 곳은 없었다. 다른 부족의 노예가 되는 길뿐이었다. 그 선봉이 몬라이였다.

"내가 이번 싸움에 가면 결단코 살아오지 못할 것이다. 그러나 나는 자랑스러운 소루족이다. 우리는 우리가 할 일을 다 했다. 우리 부족 중 초록의 눈동자에 가서 경배한 사람은 오직 우리뿐이다."

이안은 웃으며 말했다.

"당신은 자랑스러운 소루의 전사입니다. 우리들 걱정은 하지 마세요. 초록의 눈동자 여신이 우리들을 돌봐 주실 것입니다."

"저도 싸움터로 갈 것입니다."

그러나 몬라이는 아들의 어깨를 두드렸다.

"나중에 네가 할 일은 따로 있다. 그때까지 기다리도록 하여라. 어머니를 잘 모셔라. 이제 우리 집의 중심은 바로 너 세인이다. 내가 전쟁에서 돌아오지 않는다고 해도 너는 울지 않아야 한다. 그리고 첫 아이를 낳으면 수와 몬라이라고 해라. 지혜로운 몬라이라는 뜻이다. 난 언제나 용감했지만 지혜롭지 못했다. 아이는 너희 어머니와 연리같이 지혜로운 사람이 될 거다. 나는 죽으면 가엾은 내 어머니가 계시는 하늘나라 풀밭으로 갈 것이다. 나는 오늘 같은 날을 기다려 왔다."

세인은 눈물을 흘렸다.

몬라이는 연리의 손을 잡았다.

"연리, 언제나 행복하거라!"

연리는 몬라이의 두 손에 입맞춤하며 말했다.

"아버님이 행복하셔야 우리도 행복합니다."

계획대로 소루족은 갑자기 사라안족을 습격했다. 허를 찌르는 공격이기는 했지만 수적으로 소루족은 사라안족의 상대가 되지 못했다. 그런데도 몬라이는 결사적으로 그들과 맞서 싸웠다. 그러나 몬라이를 비롯한 소루 전사들은 사라안족에게 포로로 잡히고 말았다.

"너는 소루 최고의 명궁이라지?"

사라안족 추장이 직접 물었다.

"우리 소루족엔 나보다 뛰어난 전사들이 많소."

몬라이가 대답했다.

"오랜만이군."

놀랍게도 세인을 낳던 날 찾아왔던 누마족, 하리였다.

"아니?"

"내 그때 자네에게 말하지 않았나? 몬라이."

"살아남았나?"

몬라이의 얼굴에 기쁜 웃음이 지나갔다.

"우리 가족 모두가 죽기를 바라지 않았나?"

하리가 비웃었다.

몬라이가 고개를 흔들었다.

"날 용서해 주게."

몬라이는 진심으로 말했다.

"내게 목숨을 구걸하나?"

하리가 말했다.

몬라이가 다시 고개를 흔들었다.

"그럴 리가 있나. 자네가 원하면 이 자리에서 자네가 나를 죽이게. 조금도 원망하지 않겠네. 다행히 자네의 식구들이 그날 살아남았다면⋯⋯."

"몬라이! 그 눈보라 속에서 누가 살 수 있었겠나? 나만 살아남았지. 오직 자네를 죽이기 위해. 지금 이 순간을 위해. 아내와 딸이 어떻게 눈을 감았는지 알고 있나!"

하리가 소리를 질렀다.

몬라이는 고개를 숙였다.

그때 사라안족의 추장이 빙긋 웃으며 물었다.

"원래 소루족은 잔인한 족속이지?"

몬라이는 아무 대답도 하지 않았다.

추장이 두 사람을 쳐다보며 물었다.

"몬라이, 네 손으로 어머니의 가슴에 독화살을 꽂았다며?"

"닥쳐!"

몬라이는 소리쳤다.

"사실인데 왜 그렇게 화를 내나?"

하리가 웃으며 말하자 추장이 거들었다.

"네가 원한다면 특별히 너의 목숨만은 살려 줄 수 있다. 어떠 냐? 앞으로 너도 하리처럼 우리 사라안족의 전사가 되겠느냐?"

몬라이가 쓸쓸하게 웃었다.

"하리?"

하리가 몬라이를 쳐다보았다.

"나를 용서해 주게. 내가 처참하게 죽음으로 내가 그대에게 진 빚을 갚겠네."

하리는 고개를 흔들었다.

"난 눈보라 속에서 죽은 내 가족들의 눈동자를 잊지 못하지. 그날부터 나는 사라안족의 전사가 되어 자네와 소루족에게 복수하기 위해 살아왔지. 자네의 가족도 그렇게 죽어 갈 것이야. 지옥 끝까지라도 자네의 가족을 따라갈 것이네. 그리고 그들을 죽일 것이네."

몬라이의 눈동자엔 눈물이 맺혀 있었다.

"내가 자네에게 더 이상 무슨 말을 할 수 있겠나? 그러나 내 가족을 자네가 죽이면 그 옛날의 나처럼 자네도 언젠가는 후회하게 될 것이네. 나처럼 되지는 말게. 이제 자네의 손에 죽게 해 주게."

"자네의 소원대로 해 주지."

하리가 칼을 들었다.

몬라이가 멀리 초원을 바라보며 말했다.

"가엾은 나의 친구여. 나를 죽여 저 초원으로 돌려보내 주게나. 까마귀와 독수리, 그리고 늑대의 밥으로. 그것이 우리 소루 전사가 바라는 기쁜 죽음이지. 처음 나를 이곳으로 이끌어 준 그곳으로 되돌아가는 것. 내가 죽어 어디에 가더라도 자네에게 용서를 빌겠네."

사라안족 추장이 손을 들었다.

하리가 몬라이에게 다가갔다. 몬라이는 곧바로 목이 잘렸다.

다행히 사라안족은 부상당한 전사들과 노인과 여자들, 그리고 아이들만 남아 있는 소루 부족을 공격하지 않았다. 사라안족의 추장은 어디서 날아올지 모르는 소루족의 독화살이 두려웠던 것이다. 그 대신 그들은 목이 잘려 죽은 소루 전사들의 머리를 낙타에 실어 소루 부족으로 보냈다. 소루족의 기를 완전히 꺾기 위해서였다.

"아아, 결국 일이 이렇게 되었구나."

이안은 고개를 끄덕였다. 남편 몬라이가 전장에 나설 때 그녀는 짐작하고 있었다. 이번이 마지막 싸움임을. 그래도 그녀는 늑대나 독수리의 밥으로 초원에 내던지지 않고 머리라도 보내 준 사라안족에게 감사했다. 어차피 이곳 초원에서 남자들의 삶은 언제나 그렇게 끝맺음 된다는 것을 알고 있었다.

"나는 갈 거예요."

아들, 세인은 울지 않았다. 그의 두 눈은 불타고 있었다.

"아직 너는 어려."

그러나 세인은 활을 잡고 있었다.

"난 그들이 있는 땅으로 갈 거예요. 가서 아버지의 나머지 시신을 찾아오겠어요."

그녀는 멍청하게 아들을 쳐다보고 있었다.

"전장에서 죽은 시신을 찾아오는 것은 우리 부족의 오랜 전통이에요. 산 사람들의 목숨이 아까워서 죽은 사람들을 그대로 초원에 둔다는 것은 정말 부끄러운 일입니다."

그녀는 아무 말도 할 수 없었다. 아들의 말이 맞는 것이다.

"연리, 세인을 막을 수 없겠니?"

그녀는 아들의 고집을 꺾을 사람은 연리 밖에 없다는 것을 알고 있었다. 그러나 연리는 고개를 숙였다. 그녀는 아들을 막을 수 없음을 알았다. 그녀는 초록의 눈동자 여신이 한 말이 떠올랐다.

바람에 돛을 맡긴 운명은 아무도 막을 수 없다. 하늘이라도.

세인은 겨우 목숨만 건져 누워 있는 족장을 찾아갔다.

"저는 아버지의 시체를 찾으러 갈 것입니다."

세인이 말했다.

부상당해 누워 있는 족장은 지그시 눈을 감았다.

"나도 가겠다."

"지금 갈 것입니다."

족장이 고개를 끄덕였다.

"그들은 우리의 공격을 짐작조차 하지 못할 것이다."

소루의 살아남은 전사들이 모두 모였다. 세인은 선봉이었다. 이안은 아무 말도 할 수가 없었다. 그녀는 자신의 아들이 몬라이의 하나 밖에 없는 아들임을 절감했다. 이제 남은 피붙이 자식은 없는 것이다. 아들도 남편처럼 다시는 돌아오지 못할 것이다. 운명의 돛에 거센 바람이 불고 있었다.

"연리, 어머니를 부탁해."

"사랑하는 아버님의 시신을 찾지 못하면 결코 돌아오지 마십시오."

연리는 작고 검은 눈을 반짝였다.

"가서 아버지를 모시고 오너라. 자랑스러운 소루 전사!"

이안도 눈물 대신 아들의 손을 잡고 그렇게 말했다.

"아버지의 시신을 찾지 못하면 돌아오지 않을 것입니다."

이안과 연리의 눈에서는 눈물이 쏟아졌다. 그러나 그들은 세인이 자랑스러웠다.

"네가 아버지의 시신을 모시고 오면 우린 머나먼 동쪽, 해 뜨는 나라로 갈 것이다. 그곳은 어디에나 물이 있는 곳이다. 그곳은 산을 넘으면 산이고, 강을 건너면 강이 있는 곳이다. 우리는 그곳에서 우리의 새로운 삶을 시작할 것이다."

그녀는 자기도 모르게 불쑥 그렇게 말을 해 버렸다. 그녀도 정

말 머나먼 동쪽에 해 뜨는 나라가 있는지 알지 못했다. 그러나 오랜 옛날, 할아버지의 할아버지로부터 내려온 말이었다. 그것은 그녀의 진심이었다. 싸움이 없는 곳, 그곳은 물이 많은 곳이리라. 사막에서의 물은 생명의 근원이지만, 전쟁의 시작이라는 것을 그녀는 알고 있었다.

소루 부족의 전사들은 우프라를 지나 사라안의 '늑대의 초원'을 향해 거침없이 진격했다. 그들은 누구보다도 그곳 지형을 잘 알고 있었다.

갑자기 소루 전사들이 들이닥치자 사라안족은 당황했다. 세인은 맨 앞에서 화살을 쏘았다.

그러나 아직 전투 경험이 없는 어린 그는 그만 안장에서 자신이 타고 있던 말의 갈기로 넘어지고 말았다. 그 통에 흥분한 말은 마구 달리기 시작했다. 세인은 갈기에서 떨어졌지만 한쪽 발이 등자에 걸려 있어서 말의 한쪽 옆구리에 그대로 매달려 있었다.

그 때문에 말은 더욱 놀라 세인을 옆구리에 매단 채 전속력으로 초원을 질주했다. 그러나 말은 불행하게도 사라안족이 차지하고 있는 땅으로 달리고 있었다. 한 사람이라도 전투에 참가해야 했던 격렬하고 피비린내 나는 싸움에서 소루 부족 사람들이 말을 붙잡으려고 뒤쫓았다. 그들은 모두 세인의 나이 많은 친구였다. 그들은 언제나 죽어도 함께 죽고, 살아도 함께 살자고 맹세한 사이였다.

계곡에 숨어 있던 한 패의 사라안족 기마병들이 함성을 지르며 그들을 가로막았다. 소루 전사들은 서둘러 후퇴했다가 다시 진격했다. 그러나 아무도 세인의 운명에 관심을 가질 수가 없었다. 부상을 당했지만 다시 말에 오를 수 있었던 몇몇 소루 전사들이 세인이 탄 말을 쫓아갔지만 결국 그 말은 사라져 버렸다. 그 뒤로도 며칠 동안 살아남은 소루 전사들은 세인의 시체를 찾으려고 여기저기를 돌아다녔다. 그렇지만 그들은 세인의 흔적도, 말도, 무기도, 또 그 밖의 다른 어떤 흔적도 찾지 못했다.

그 피나는 싸움에서 소루족이 얻은 것은 아무것도 없었다. 죽은 소루 전사들의 복수도 하지 못했고, 포로가 되어 목이 잘린 전사들의 시체도 찾지 못했다. 마을에 남아 있는 노인과 여자들이 몰살당하지 않은 것이 그나마 다행이었다. 이안과 연리는 세인이 부상을 당해 초원 어딘가에서 죽었을 것이라고 짐작했다. 마을에 남은 사람들은 세인을 비롯한 사라진 전사들을 애도했고, 인적 없는 초원에 그들의 전사들이 죽어 누워 있다는 것을 슬퍼했다. 소루족에게 그것은 너무나 부끄러운 일이었다.

연리는 그나마 살아 돌아온 전사들에게 말했다.

"독수리들이 죽은 우리 소루 전사들의 뼈에서 살을 쪼고, 늑대들이 그들의 뼈를 훑었어요. 그런데도 당신들은 어떻게 감히 머리를 들고 돌아다닌단 말인가요? 우리 소루 부족 전사들은 지금이라도 죽은 사람들의 시체를 찾아와야 해요."

그러나 소루족의 그 누구도 무서운 사라안족에게서 죽은 전사들의 시체를 찾아오겠다고 나서지 못했다. 용감한 소루 전사들은 이미 모두 죽은 것이다. 그렇지 않았으면 간신히 목숨을 건져 황량한 사막이나 초원 한 켠을 헤매고 있을 터였다. 연리는 어렸지만 누구보다도 그것을 잘 알았다.

"이제 진정한 소루의 전사들은 모두 하늘나라 풀밭으로 갔습니다. 이제 소루족은 누구도 하늘나라의 풀밭을 노래할 수 없습니다. 하늘나라의 풀밭을 노래하지 못하면 우리 소루족이 아닙니다."

그러나 누구도 어린 연리의 말을 귀담아 듣지 않았다. 오직 한 사람, 이안만이 연리의 말을 이해했다. 그 후로 아무도 세인의 죽음에 대해서 말하지 않았다. 어떤 사람도 세인에 대해서 알지 못했다. 연리와 이안에게는 허무하고 쓸쓸한 날들이 흘러갔다. 연리와 이안은 몬라이가 죽었다는 사실은 받아들였지만, 어린 세인이 전쟁터에서 죽어 초원 어딘가에 버려졌다는 것은 믿을 수가 없었다. 그들은 세인의 시체가 흙으로 되돌아가지 못했다는 생각에 잠을 이룰 수가 없었다.

"그럴 리가 없어요."

"은혜로우신 우리 함님이 우리 아들 세인을 죽도록 내버려두지는 않았을 거야."

연리와 이안은 하늘을 올려다보며 서로를 위안했다.

독수리와 늑대, 그것들이 세인의 시체를 뜯어 먹고 있다는 생각이 그들을 미치게 만들었다. 그런데도 연리는 소리 내어 울지 않았다. 남몰래 초원을 바라보며 눈물만 짓고 있었다. 그런 연리를 바라보는 이안의 마음은 찢어질 것 같았다. 어린 연리에게는 아무 말도 할 수가 없었다. 이안은 연리의 소리 내어 울지 못하는 마음을 알고 있었다.

연리와 이안은 끊임없이 떠오르는 끔찍한 생각으로 고통을 겪고 있었지만, 괴로움을 함께 나누고 슬픔을 함께 나눌 친구는 물론 가족도 없었다. 단 하늘에 계신 그들의 신, 함 한 분만 빼놓고는 누구에게도 의지할 수 없었다. 이안은 연리를 쏠리 부족 품으로 되돌려 주어야 한다고 생각했다.

그러나 연리는 이안이 말을 꺼내기도 전에 고개를 흔들었다. 이안 또한 고개를 흔들었다. 이제 연리가 자신의 부족으로 되돌아간다고 하여도 이미 몸과 마음을 모두 소루 부족에게 주어 버린 연리를 쏠리 부족으로 인정해 주는 사람은 없을 것이다. 이안은 그것을 잘 알고 있었다. 어차피 가엾은 연리는 남편 없는 소루 부족 사람이었다.

"아가?"

"여기가 제 집이에요."

"여기 있으면 너는 평생을 혼자 살아야 한다."

"자기 집에서 평생을 사는 것은 복이지요."

이안은 할 말이 없었다. 표정 없는 연리의 얼굴을 보는 그 자체가 고통이었다. 봄이 오고, 여름이 가고, 다시 겨울이 가고, 다시 봄이 와도 연리는 혼자겠지. 세인은 영영 돌아오지 못할 것이다. 그렇다면…… 이안은 밤낮으로 생각에 잠겼다.

세인은 어떻게 죽었을까?

그리고 지금은 어디에 있을까?

혹시 치욕스럽게 살아 '바보울상'이 된 것은 아닐까?

이안은 잠을 이룰 수가 없었다.

그것은 연리도 마찬가지였다.

사라안족은 싸움 끝에 붙잡은 포로들을 잔인하게 죽임은 물론, 살려 둔 포로들에게는 인간으로서 할 수 없는 가장 참혹한 형벌을 가했다. 포로가 되어 이웃 나라에 노예로 팔려 간 사람들은 그래도 다행이었다. 가능성은 적지만 그래도 그들에게는 도망을 쳐서 자기들의 고향땅으로 돌아올 수 있다는 희망이라도 있기 때문이었다.

그러나 쓸모가 있어 살려 둔 포로들에게는 끔찍한 운명이 기다리고 있었다. 그들은 나이 먹은 포로들은 몽땅 죽였지만 어린 포로들에게는 소름 끼치는 고통을 가해 그들의 기억을 없애 버렸다. 오래도록 쓸모가 있는 어린 포로들에게 가해진 형벌이 바로 '바보울상'이었다.

머리를 빡빡 깎인 어린 포로들은 손발이 모두 묶인 채 살을 태우는 땡볕 아래로 버려졌다. 물론 물도 음식도 없이 풀 한 포기 없는 맨 땅으로. 그 사이 포로들은 정신을 잃었다가 깨어나기를 반복했다. 포로들은 굶주림이나 목마름으로 죽는 것이 아니었다. 사막의 강렬한 햇볕이 머리칼 없는 포로들의 머릿속을 파고들어 과거의 기억을 서서히 지워갔다. 그 고문은 사나흘 동안 계속되었다.

사방이 탁 트인 풀밭, 개미 한 마리의 움직임까지 볼 수 있는데도 사라안족은 그곳에 감시병까지 붙였다. 혹시 누군가가 불쌍한 포로를 도와주는 것을 막기 위해서였다. 조금이라도 포로를 도와주면 곧바로 죽임을 당했다.

그 무시무시한 고통을 당하도록 허허벌판에 버려진 포로들은 대부분 초원의 땡볕 아래서 죽어 갔고 겨우 살아남은 사람은 바보울상이 되었다. 살아남은 포로는 바보가 되어 언제나 우는 모습을 하고 있었기 때문에 붙여진 이름이었다.

만일 나중에 누군가가 사라안족의 손에 넘어가 바보울상이 되었다는 소문이 들리면 그때는 가장 가깝고 가장 사랑하는 사람들이라도 그를 구하려고 하지 않았다. 이미 바보울상이 된 사람은 모습만 그대로인 살아 있는 시체일 뿐이었다.

닷새째가 되어서야 사라안족은 포로들 중에 누가 살아남았는지를 보려고 벌판으로 나왔다. 혹시나 살아 있을 바보울상을 찾기 위해서였다. 그들은 운 좋게도 살아남은 포로에게 적당한 기간 동안 기력을 회복시켜 주었다. 그렇게 해서 얼마 후에는 기억을 강제로 빼앗겨 버린 바보울상 노예가 생겨났다. 바보울상은 건강한 노예보다 열 배는 더 쓸모가 있었다. 그래서 다른 노예보다 몇 배나 비싼 값에 팔렸다. 그만큼 쓸모 있는 노예였다.

바보울상은 자기가 누구였는지 언제 어느 부족으로부터 왔는지는 물론, 자기 이름조차 몰랐고 그의 어린 시절과 어머니, 아버지도 기억하지 못했다. 한마디로 그는 자기를 인간으로 생각하지 못했다. 모든 기억을 잊은 바보울상은 주인이 시키는 대로 움직였다.

바보울상은 사람의 탈을 썼지만 말 못하는 짐승이나 마찬가지여서 주인 말에 무조건 복종하였다. 바보울상은 개처럼 주인만을 알아보았고 다른 사람들과는 아무런 말도 하지 못했다. 그의 모든 생각은 죽지 않으려고 먹는 것에만 쏠려 있었다. 그 밖의 다른 걱정거리는 아무것도 없었다. 그는 자기에게 주어진 일, 주인이 시키는 일만을 죽을 때까지 하였다. 또 절대로 도망 같은 것을 생각하지도 않았다. 그래서 가두어 둘 필요도, 감시할 필요도 없었다.

그래서 바보울상에게는 아주 힘들고 따분한 일이 맡겨졌다. 오직 바보울상만이 혼자 한 떼의 낙타들을 돌보며 초원의 끝없는 쓸쓸함을 견딜 수 있었다. 바보울상은 혼자 있기를 무서워하지 않았고, 부족한 것이 있어도 불평하지 않았다. 약간의 음식과 옷만 있으면 아무것도 필요하지 않았다.

연리와 이안이 그런 끔찍한 생각들을 모두 떨쳐 버리려면 세인의 죽음을 직접 눈으로 확인하는 도리밖에는 없었다. 그들은 세인의 말이 흔적도 없이 사라졌다는 것을 이상하게 생각했다. 사실 세인의 말은 부상을 입었던 것이 아니라 단지 놀라서 달아났을 뿐이었다.

차라리 죽은 세인의 시체를 보았다면, 연리와 이안의 마음은 그렇게 아프지 않았을 것이다. 하늘에 있는 함을 향해 기도만을 올렸을 것이다. 그런데 세인의 시체는 발견되지 않았고 세인이 탔던 말도 돌아오지 않았다. 소루족의 사람들이 이미 초원 저편으로 사라진 사람들에 대한 생각을 하지 않는데도 연리와 이안은 고통스런 생각에 시달리고 있었다.

세인이 탔던 말은 어떻게 되었을까?

사라안족에게 붙잡혔다면, 그들이 세인을 어디에 묻었을까?

아니면 늑대들의 밥으로 던졌을까?

한칼에 베어 죽였을까?

혹시 함님의 도움으로 살아 있는 것은 아닐까?

그런 온갖 생각들이 이안과 연리의 가슴을 짓눌렀다.

이제 모든 초원은 사라안의 것이었다. 잔인한 승리, 초원의 평화는 그렇게 찾아왔다. 그 누구도 사라안족에게 대항할 엄두를 내지 못하고 있었다.

그러나 소루족, 몬라이의 아들 세인은 그즈음 사라안족 추장에게 잊을 수 없는 단 하나의 이름이 되어가고 있었다. 이안과 연리는 그것을 몰랐지만 '초원 제일의 명궁' 그 이름이 바로 세인이었다. 세인은 사라안족은 물론이고, 사라안족에게 맞선 모든 부족들 사이에 전설이 되고 있었다.

　거의 모든 초원의 부족들을 평정한 사라안에게 저항할 부족은 없었다. 그런데 어디서 나타났는지 모르는 사람들에게 사라안족 전사들이 죽어 나갔다. 놀랍게도 소루족이 쓰는 화살을 맞고 죽어간 것이다. 분명 소루족 전사들은 모두 죽었다고 생각했는데 그것이 아니었다. 세인이 이끄는 소루족의 전사들. 그들은 단 일곱 명뿐이었다. 그중에서도 세인의 활은 독수리의 눈처럼, 늑대의 발톱처럼 정확했다.

　살아남은 일곱 명의 소루 전사, 그중에서도 세인 때문에 사라안족 추장은 잠을 이루지 못했다. 마음 놓고 초원을 거닐 수가 없었다. 언제 어디서 세인의 독화살이 날아올지 몰랐기 때문이었다. 세인이 아버지 몬라이의 복수를 하기 위해 늑대의 초원을 떠돈다는 것을 사라안 추장도 알고 있었다. 사라안 추장은 세인의 목에 많은 현상금까지 걸었지만 초원 어디서도 그의 자취를 찾을 길이 없었다. 영리한 사라안 추장은 더 이상 세인을 추격하는 것을 포기했다. 그 대신 이안과 연리를 이용해서 세인을 생포하기로 마음먹었다.

　그리고 얼마 후 짐을 실은 낙타를 끌고 몇몇의 상인들이 소루족 마을, 이안과 연리만 남은 천막집을 찾아왔다.

"안녕하세요."

"어서 오십시오."

이안은 정중하게 인사했다.

"어디서 오시는 길이십니까?"

그녀가 그렇게 물어보는 데는 이유가 있었다. 상인의 말투에서 어쩐지 소루족의 사투리가 섞여 있었던 것이다.

"물을 찾기 위해 죽음을 무릅쓰고 사라안족이 있는 지역을 지나왔습니다. 그런데 아무 일도 일어나지 않았답니다. 우리는 아주 운이 좋았습니다."

연리가 차를 내왔다. 이안은 상인들을 위해 모닥불을 피워 주고는 그 자리를 벗어났다. 그렇지만 이안의 귀는 상인들을 향해 날이 서 있었다. 그것은 연리도 마찬가지였다.

별이 총총한 밤.

연리는 상인들의 이야기를 듣고 있었다.

상인들은 차를 마시며 자기네들이 어떻게 여러 오아시스에서 사라안족을 피해 초원을 지나왔는지 이야기했다.

"우린 정말 운이 좋아."

"바보울상 하나만 남겨 놓고 사라안족이 또 어디로 싸움을 하러 간 모양이지."

우두머리인 듯한 상인이 고개를 흔들며 말했다. 그렇지만 그의 눈빛은 빛났다. 그는 하리였다.

"난 그런 바보울상은 처음이야."

"그러게."

"어떻게 그 청년 혼자 그렇게 많은 낙타들을 돌볼 수 있느냔 말이야?"

상인들은 일부러 크게 말했다.

연리가 하리 곁으로 다가앉았다.

"그 청년을 보셨나요?"

"보았지. 그는 말은 하지 못했지만 아주 늠름했어. 그런데 그는 자기가 누구며, 어디서 왔는지조차 알지 못했어. 정말 가슴 아픈 일이야."

연리의 가슴은 철렁 내려앉았다.

"어디에 있던가요?"

"바위 하얀 초원 근처에."

그러나 이안은 꼼짝도 하지 않고 있었다. 어쩐지 상인들의 이야기는 너무 정확했다.

"더 자세하게 이야기를 들려주세요."

연리는 상인들에게 떨리는 목소리로 묻고 있었다.

하리는 아주 친절하게 대답했다.

"그는 항상 하늘을 올려다보았어. 햇볕의 무서움을 알고 있기 때문이야."

"정말로 자기의 이름도 모르던가요?"

연리가 하리를 졸랐다.

하리가 한숨을 쉬며 계속 말했다.

"그 바보울상은 틀림없이 소루족이었어."

"어째서요?"

"우리가 두른 흰 비단천을 보고 환하게 웃었으니까."

연리는 울먹였다.

"그가 무슨 말을 하던가요?"

"아무 말도 하지 않았지. 그런데 이상하게도 그 바보울상은 화살을 손에 꼭 쥐고 있었어. 그리고 우리가 알지 못하는 소리로 중얼거렸지."

"달의 눈물방울이라고 하지 않던가요?"

연리는 젖은 목소리로 물었다.

"글쎄 그런 것 같기도 하고……."

"왼손에 화살을 쥐고 있던가요?"

하리는 곧바로 대답했다.

"맞아. 그 바보울상은 확실하게 왼손잡이였어. 어릴 때부터 화살을 잡은 것이 틀림없어. 활시위를 잡은 왼손에 단단한 굳은살이 박혀 있었거든."

하리의 이야기가 끝남과 동시에 연리는 얼굴을 두 손으로 가리고 천막 밖, 검푸른 초원을 향해 뛰쳐나갔다. 더 듣지 않아도 그가 바로 세인이라고 생각했던 것이다.

그러나 천막집 안에 있던 이안은 상인들에게 물어볼 말이 없었다. 항상 초원을 떠도는 상인들의 말은 그리 정확하지 못했던 것이다. 이 상인들은 사라안족이 길목을 지키고 있는 우프라를 지나왔다고 했다. 하지만 어떤 상인도 그리 쉽게 우프라를 지나올 수는 없었다. 더구나 상인들의 옷과 낙타는 너무 깨끗했다. 사라안의 눈을 피해 왔다면 온갖 어려움을 겪었을 텐데. 그래서 상인들이 연리와 이야기를 나누는 동안 이안은 돌처럼 앉아 그들의 말을 들었다.

"그는 분명히 소루족이었소."

소루족은 바보울상에 대해서 관심을 가지지 않았다. 그런 불행은 세상에 흔한 일이었다. 그러나 이안은 두려움을 이겨 내려고, 떨리는 손을 진정시키려고 안간힘을 쓰고 있었다. 이안은 상인들의 말을 완전하게 믿지는 않았지만, 그들이 말한 바보울상이 세인일 것이라는 연리와 같은 생각을 했다.

이안은 초원에서 울고 있는 연리의 하얀 손을 꼭 잡았다. 왼손에 화살을 꼭 잡고 있었다면, 달의 눈물방울 이야기를 했다면, 그 바보울상은 틀림없이 세인인 것이다. 연리도 그것을 알고 있었고, 이안도 그것을 알고 있었다. 어릴 때부터 왼손에 화살을 쥐고 놀았던 세인. 이안의 가슴은 칼로 도려낸 듯이 아팠다.

그러나 이안은 아무런 내색도 하지 않았다. 다만 그녀는 오래전부터 머리에 쓰고 있던 하얀 비단천으로 연리의 눈물 젖은 얼굴을 가려 주었을 뿐이었다. 그리고 간절히 기도했다.

아들아.
제발, 네가 죽어 하늘나라에 있기를
그 하늘나라 풀밭에서
한가로운 목동이 되어 있기를.
아들아.
제발.

바위 하얀 초원

바람이 불었다.
바람이 불었다.

상인들은 제 갈 길로 낙타를 몰고 떠났다. 그 뒤로 이안은 잠을 이룰 수 없었다. 이안은 초원 한가운데로 그 바보울상을 찾아가서 그가 자기의 아들이 아니라는 것을 직접 확인해야 했다. 그것은 연리도 마찬가지였다. 상인들이 말한 바보울상이 남편 세인이 아니라는 것을 확인해야 했다. 그렇지 않으면 그들 앞에 내일은 없었다.

"그는 세인이 아닐 게다."

이안은 연리에게 그렇게 말하면서도 끈덕지게 따라붙는 끔찍한 생각을 지울 수가 없었다. 상인들의 말은 사실이 아닐 수도 있다고 생각했다. 그 바보울상은 세인이 아니라고 자꾸만 다짐하였다. 그러나 그러면 그럴수록 이안과 연리의 가슴은 불안으로 두근거렸다.

그런 불행한 사실을 그들은 믿을 수가 없었다. 불행한 일이 닥친 사람이면 누구나 겪는 그런 마음을 이안과 연리도 무수히 겪었다.

이안은 얼마 되지 않은 옛날, 남편 몬라이와 아들 세인과 함께 살던 마을을 바라보고 있었다. 여름이면 그들은 이곳을 찾아왔었다. 그때처럼 조그만 냇물이 지줄대며 흘러가고 있었다. 이안은 냇물 속에 뛰어들어 물장구를 치던 세인의 모습을 떠올리며 눈을 감았다.

그 순간 연리는 초원 속에 있었다. 초록의 눈동자를 다녀와서 세인과 함께 말을 타던 곳이었다. 자신을 앞에 태우고 힘차게 말의 배를 차던 세인의 늠름한 모습, 그 모습을 그리면서 연리는 입술을 깨물었다.

그러나 그들은 모두 상인이 말했던 그 바보울상의 모습을 그리고 있었다. 그리고 하룻밤에 몇 번씩 그 바보울상이 세인이라고 생각했고, 또다시 그 바보울상이 세인이 아니라고 생각했다. 그들에게는 그것만이 생각의 전부였다. 차라리 그 상인들의 말을 듣지 않았다면……. 그러나 이제는 어쩔 수 없는 일이었다. 그것을 확인해 보기 전에는 살 수 없었다. 누구에게도 말하지 않았지만, 이안도 마을을 떠나 바위 하얀 초원으로 나가기로 마음먹었고, 연리도 바위 하얀 초원으로 나가기로 마음먹었다.

이안은 여행할 채비를 미리 갖춰 두었다. 식량을 꾸리고, 초원을 질러가다가 우물을 찾지 못할 경우를 대비하여 물을 더 길어다 두 개의 물주머니에 가득 채웠다. 문득 초록의 눈동자로 순례길을 떠나던 단란하던 때가 생각났다.

몬라이.

세인.

그리고 연리.

그러나 지금 가엾은 연리는 어디에도 없었다. 그것이 오히려 편했다. 연리가 원한다고 하더라도 연리를 데리고 이 위험한 여행에 나설 생각은 추호도 없었다. 어딘가에서 울다가 지치면 돌아오겠지. 그 전에 이곳을 떠나야만 한다. 이안은 어두운 초원을 뚫어지게 쳐다보았다.

작은, 이제는 아주 작은 자신의 천막집 옆에는 이안의 희망이자 길동무인 하얀 암낙타 차야이마가 매어져 있었다. 만일 이안에게 튼튼하고 빠른 차야이마가 없었다면 이안은 감히 혼자서 무서운 초원 중앙으로 들어갈 엄두도 내지 못했을 것이다.

그해에 차야이마는 새끼를 낳지 않았고, 초록의 눈동자를 다녀와서 오랫동안 쉬고 있었기 때문에 여행을 하기에는 더없이 좋은 상태였다. 호리호리한 몸에 튼튼한 다리, 그리고 굳센 발바닥, 비록 나이는 들었지만 두 쌍의 튼튼한 혹에다가 힘차고 억센 목 위에는 잘생긴 머리가 보기 좋게 얹혀 있었다.

차야이마의 코는 길을 갈 때면 숨을 들이쉬느라 나비의 날개처럼 가볍게 벌름거렸다. 한마디로 암낙타 차야이마는 한 떼의 평범한 짐승들 이상 가는 가치가 있었다. 그렇게 발 빠르고 힘 좋은 낙타 한 마리를 손에 넣기 위해, 사람들은 살쪄 가는 어린 짐승들을 수십 마리라도 내놓으려 할 것이다. 그 낙타는 이안이 지닌 마지막 보물이었다.

마침내 이안은 천막집을 나섰다.

이안은 머리에 하얀 비단천을 썼다. 먼 길을 떠날 때는 어김없이 흰 비단천을 썼던 것이다. 이안은 깊은 한숨을 내쉬었다. 그리고 속삭이듯 기도문의 첫 번째 구절을 외웠다.

"하늘에는 오직 위대하신 함님만이 계시니……."

그 구절을 마음속에 새기며 이안은 차야이마에게 앉으라고 명령했다.

그때였다.

목소리가 들렸다. 어리고 착한.

"어머니!"

그 목소리가 이안의 가슴을 틀어막았다.

연리였다.

연리 또한 하얀 비단천을 쓰고 있었다.

"아가!"

말이 필요 없었다. 상인들의 말을 듣고 연리는 온밤을 초원 한가운데서 눈물로 새운 것이다. 이안은 고개를 흔들었다. 연리도 고개를 흔들었다. 그렇지만 그들의 뜻은 정반대였다. 연리는 함께 가야 한다는 뜻이었고, 이안은 안 된다는 뜻이었다. 달빛에 비친 연리의 눈물. 그것은 이안도 어찌할 수 없는 힘을 가지고 있었다.

"세인을 찾지 못하면 돌아오지 않을 거예요."

"착한 연리!"

나지막하게 으르렁거리는 소리를 내며 차야이마가 천천히 자세를 낮춰 가슴을 땅에 댔다. 이안은 재빨리 차야이마 등을 가로질러 몇 개의 가방을 걸쳐 놓고는 연리를 앞 안장에 태웠다. 그리고 재빨리 뒤꿈치로 차야이마를 재촉했다. 차야이마가 다리를 쭉 뻗치고 일어나면서 제 주인들을 땅 위로 높이 들어 올렸다. 이제 차야이마는 제 앞에 멀고 먼 여행길이 놓여 있다는 것을 알고 있었다.

마을 사람들은 누구도 이안과 연리의 출발을 알지 못했다. 아무도 그들을 전송하지 못했다. 이안은 사람들과 마주치지 않기 위해 되도록이면 일찍 길을 재촉했다. 초원의 끝인 마을을 빠져

나와 얼마쯤 간 뒤에 그들은 사막 쪽으로 방향을 바꾸었다. 자신들 앞에 무엇이 놓여 있을지 아무런 눈짓도 주지 않는 그 텅 빈 사막으로……

　이제 하얀 낙타 차야이마가 평탄한 초원이며 계곡들을 따라 걷기 시작한지도 한참이 지났다. 그 동안 이안과 연리는 단 한 마디도 하지 않았다. 그들의 차야이마만이 단조롭고 푸르릉거리는 소리를 내며 발굽 스치는 소리도 없이 나아가고 있었다. 그 주인들은 뜨거운 사막을 빨리 가로지르며 끊임없이 차야이마를 재촉했다.

그들과 차야이마는 밤이 내리고 난 다음 어떤 외딴 우물에 당도했을 때에서야 걸음을 멈췄다. 이안은 불안했다. 그것은 자신 때문만이 아니었다. 연리의 하얀 얼굴을 보면 그냥 가슴이 무너져 내렸다. 사라안족을 만나게 된다면……. 그러나 이미 엎질러진 물, 뜬 눈으로 밤을 새운 그들은 다음 날 아침, 바위 하얀 초원의 어느 곳에서 눈에 띌 거대한 낙타 떼를 찾아 다시 길을 나섰다. 분명 상인들이 만났다는 그 바보울상은 바위 하얀 초원에서 커다란 낙타 떼를 돌보고 있다고 했다.

한없이 펼쳐진 붉은 모래땅을 지나면 바위 하얀 초원이었다. 이곳에서 상인들은 지금 이안이 찾고 있는 양치기 바보울상을 만났었다. 그들은 벌써 이틀 동안이나 사라안족과 맞닥뜨리게 될까 봐 가슴을 조이며 바위 하얀 초원 근처를 헤매고 돌아다녔다.

그러나 그들은 텅 빈 초원과 신기루만을 보았을 뿐이었다. 그리고 한 번은 그런 신기루에 속아 첨탑과 성벽들이 공중에서 흐물거리는 어떤 도시를 향해 먼 길을 돌아가기도 했었다. 어쩌면 그들은 거기, 노예시장에서 세인을 찾아내게 될지도 몰랐다. 그렇게만 된다면 차야이마는 셋 모두를 태우고도 바람처럼 도망칠 수도 있을텐데.

사막에 나가 있기란 괴로운 것이었다. 어쩌면 그 때문에 신기루가 그처럼 현실 같아 보이는지도 모르지만⋯⋯. 이안은 또 기도를 했다.

아들아.
제발, 네가 죽어 하늘나라에 있기를
그 하늘나라 풀밭에서
한가로운 목동이 되어 있기를.
아들아.
제발.

세인

하늘은 푸르렀다.

구름은 흘러갔다.

"죽기 전에는 돌아가지 않을 것이다!"

그 하늘, 그 구름 아래서 그들은 다시 손을 맞잡았다.

살아남은 소루족 전사는 일곱 명이었다. 전쟁에 패한 세인은 집으로 돌아갈 수 없었다. 전쟁에서 진 소루 전사들 그 누구도 다시 돌아갈 수 없었다. 세인은 아버지의 목 없는 시체를 찾기 전에는 돌아갈 수가 없었다.

사실은 돌아갈 곳이 없었다. 그 넓은 초원에 그들 일곱 명은 갈 곳이 없었다. 거의 모든 초원을 사라안족이 장악했기 때문이었다. 그들에게는 우선 낙타가 필요했다. 노련한 소루족의 전사들은 야생 낙타를 잡았다.

그들이 야생 낙타를 길들이는 데는 그리 오랜 시간이 걸리지 않았다. 이삼일에 걸쳐 불에 달군 돌창으로 조금씩 낙타의 코를 뚫으면 그만이었다. 코가 뚫린 낙타는 언제 그랬냐는 듯이 순한 양이 되었다. 그리고 나머지 낙타는 죽여 그 가죽으로 천막을 만들었다. 익숙한 일이었다. 그리고 사라안족이 보이는 대로 화살을 날렸다. 많은 사라안족이 죽어 나갔다. 그들은 될 수 있으면 사라안족과 가까운 곳을 서성거렸다. 위험한 일이었지만 추장의 목을 노리기 위해서였다.

일곱 명의 소루 전사는 사라안족 추장을 끈질기게 따라붙었다. 대대로 초원에서만 살아온 소루족은 초원족이 아닌 사라안족보다 물의 지형을 훨씬 잘 알았던 것이다. 그들이 비록 사라안족에게 패했다고는 하지만 용맹하기로는 초원의 으뜸이었다. 그 어느 부족도 소루족의 활솜씨를 당할 수가 없었다. 사라안족의 추장이 가장 무서워하는 부족이 바로 소루족이었다. 소루족을 잘못 건드렸다가는 언제 어디서 날아왔는지도 모를 화살을 목에 맞고 죽을 수도 있었다. 사라안족의 추장이 소루족을 잔인하게 처단한 것도 바로 그런 까닭이기도 하였다.

사라안족의 추장은 다시 불안에 떨고 있었다. 소루 제일의 전사 몬라이의 아들 세인 때문이었다. 세인은 어느덧 아버지의 이름을 넘어 초원 제일의 명궁으로 알려지고 있었던 것이다. 그러나 아직 어린 세인은 때때로 이안과 연리가 그리울 때면 어릴 때 들은 노래를 불렀다.

아, 아!
은혜로우신 함님.
당신의 아들
해님이 저희의 기도를 들어주었습니다.
당신의 딸
달님이 저희의 기도를 들어주었습니다.
우리는 당신의 인도로
초록의 눈동자에 닿았습니다.
이제 다시
우리가 모르는 문을 통해
우리에게 생소한 길을 통해

당신의 장소로 우리를 인도하소서.

항상 태양이 빛나는 곳으로.

소루족의 전사들이 사라안족의 늑대의 초원 끝에서 쉬고 있을 때 망을 보던 추장의 아들 소야가 소리쳤다.

"누가 온다!"

그 소리를 듣고 일곱 명이 동시에 활을 들고 일어섰다. 멀리 초원 한편에서 세 사람과 낙타 세 마리가 한 점이 되어 다가오고 있었다. 영리한 사라안족은 결코 한꺼번에 이동하지 않았다. 꼭 몇 사람의 정찰대를 먼저 보내 앞길을 탐색했다.

"적이냐? 우리 편이냐?"

그러나 이미 적인 것을 알아도 도망칠 시간이 없었다. 상대가 점점 접근해왔다. 숨이 막힐 듯한 순간이 지났다. 다행히 그들은 사라안족이 아니라 초원을 바람처럼 떠돌며 사는 누마족 사람들이었다. 그들 모두는 여위고 쇠약한데다가 발을 저는 한 마리 낙타에 짐을 실은 채 사람과 낙타 모두 지치고 무거운 발걸음으로 다가오고 있었다.

"누마족이야."

누군가가 그렇게 말했을 때 세인은 손에 쥐었던 화살의 시위

를 놓았다.

누마족이면……. 모두가 난감한 표정을 지었다. 죽이지는 않아
도 만나서는 안 되었다.

"저들을 만나 봅시다."

"안 돼!"

니시가 소리쳤다.

그는 나이가 가장 많은 전사였다.

"저들도 우리 부족이에요. 저들이 왜 저렇게 사막을 떠도는지
알고 있습니다."

세인이 니시를 쳐다보며 말했다. 비록 나이는 어렸지만 세인은
전사들 중에 가장 용감한 전사였고, 어느 때부터인가 세인이 일
곱 전사들의 우두머리가 되어 있었던 것이다. 그런데도 니시의
표정은 굳어 있었다.

세인이 니시의 손을 잡았다.

"저들도 우리와 똑같이 달의 눈물방울에서 태어났습니다. 어
머니와 아버지의 목과 가슴에 화살을 쏜 것만으로도 가엾은 저
들을 우리는 사막으로 내쫓았습니다. 그리고 우리 부족 근처에
도 오지 못하게 하였습니다. 그러나 그런 살구시험이라는 악습
은 모두 옛날의 일입니다. 누구도, 어떤 이유로도 어머니와 아버

지를 향해 화살을 겨눌 수 없습니다. 저들이 정말 누마족이면 우리 소루족의 남은 사람들의 소식을 알고 있을 겁니다."

니시가 고개를 끄덕였다.

"모든 일은 함님에게 맡길 수밖에."

세인은 누마족을 향해 손을 흔들었다.

그러나 이쪽이 소루족인 것을 안 누마족이 다른 편으로 길을 잡았다. 그러자 세인이 하늘로 화살을 쏘아 올렸다.

"우리의 형제들이여!"

누마족 모두가 쳐다보았다.

"이리 오세요!"

세인이 다시 외쳤다.

그제야 누마족이 발걸음을 돌렸다.

누마족 사람들도 세인 일행이 사라안족이 아닌 것을 아주 다행으로 여겼는지, 만나자마자 그 자리에 털썩 주저앉았다. 그들의 눈엔 눈물방울이 맺혀 있었다. 처음인 것이다. 이렇게 소루족과 마주 앉아 있는 것은. 세인은 그들에게 물주머니를 건넸다.

"고맙소."

늙은 누마족의 얼굴은 눈물범벅이었다. 그는 하리였다. 세인이 그를 알아볼 수는 없었다. 하지만 그는 첫 눈에 누가 세인인지 알아보았다.

"당신들이 용감한 소루 전사요?"

"그렇소."

소야가 말했다.

"흰 비단천을 쓴 당신이 세인이요?"

"그렇소."

이번에는 세인이 짧게 대답했다.

"영광입니다. 정말 영광입니다. 우리가 지금 믿을 것은 당신들 소루 전사요. 그중에서도 세인 당신. 지금 사라안족의 추장이 당신 때문에 떨고 있소."

하리가 세인에게 고개를 숙였다.

세인이 고개를 흔들며 물었다.

"무슨 말씀을요? 그런데 어디를 지나왔소?"

"달의 눈물방울."

"예?"

일곱 사람의 소루 전사가 동시에 고개를 들었다.

"그곳은 이제 사라안족이 살 텐데?"

"그랬지요. 그러나 지금 그곳엔 아무도 살지 못해요."

"왜요?"

"사라안족이 물에 독약을 풀었지요."

가장 나이 많은 하리가 일부러 한숨을 쉬었다.

일곱 명의 소루 전사들은 하리의 말이 끝남과 동시에 하늘을 향해 무릎을 꿇었다.

"함님 용서하소서. 못난 우리 소루족이 끝내 함님의 땅을 지키지 못했습니다. 우리가 왔고, 우리가 가야 할 우리들의 땅을 지키지 못했습니다. 그러나 피를 삶고 뼈를 갈아서라도 우리가 찾을 것입니다. 다시 우리들의 '달의 눈물방울'에 아이들 소리가 넘쳐나게 하겠습니다. 힘을 주소서 함님. 우리들에게 다시 그곳으로 돌아갈 수 있게 힘을 주소서."

세인의 기도에 모두들 눈물을 뿌렸다.

소루 전사들의 기도가 끝나자 하리가 슬픈 듯 말했다.

"사라안족은 자신들이 살지 않은 곳은 모두 그렇게 물에 독을 푼답니다. 아무도 살지 못하게요. 혹시라도 자신들에게 반란을 일으킬까 봐서지요. 무서운 부족입니다."

"이상한데?"

소야가 고개를 갸웃거렸다.

"정확히는 잘 모릅니다만, 사라안 추장은 소루족의 흔적은 이 초원에서 하나도 남김없이 없앤다고 합니다."

소루 전사들은 이를 맞물었다. 하리는 그런 소루 전사들을 보며 힐끗 웃었다. 그러고는 세인의 행동을 유심히 살폈다.

"그럼, 남은 소루족은?"

"알 수 없는 일이지요. 들리는 말로는 '초록의 눈동자'를 찾아 떠났다고도 하고, 한편으로는 모두 죽었다고도 하는데…….."

"혹시 오다가 다른 사람들은 만나지 못했습니까?"

"단 두 사람을 만났지요. 먼발치에서. 분명히 소루족 차림이었어요. 그런데 이상한 것은 이 위험한 곳에 여자 둘만 있었다는 겁니다."

하리의 얼굴에 얼핏 알지 못할 웃음이 지나갔다. 그러나 세인은 그 웃음의 의미를 알아채지 못했다.

"어떻게 생겼지요?"

"알 수 없지요. 너무 멀어서. 그러나 그들이 하얀 비단천을 머리에 쓰고 있는 것은 분명히 보았습니다."

그렇다면 분명 어머니와 연리인 것이다. 어머니는 늘 머리에 비단천을 썼다. 그것도 하얀 비단천. 세인은 확신했다.

"그곳이 어디였습니까?"

하리는 확실하게 말했다.

"바위 하얀 초원 근처."

세인의 안색이 굳어졌다.

"그곳은 사라안족의 땅이 아닙니까?"

"그러니까 이상한 일이지요. 사라안족 이외의 어떤 부족도 그곳은 가지 않는데……."

"분명히 그들이 바위 하얀 초원 근처에 있었나요?"

"그럼요. 나 혼자 본 것이 아니라, 우리 모두가 보았지요."

나머지 누마족도 고개를 끄덕였다.

하리가 정중하게 허리를 굽혔다.

"그런데 어째서 소루족이 저희 같은 누마족을……?"

"이제 우리는 모두 이곳 초원에 사는 형제들입니다."

세인이 망설이지 않고 대답했다.

"감사합니다."

하리가 다시 허리를 숙이며 감사를 표했다.

"그대들에게 행운이 있기를!"

누마족은 천천히 사막 저편으로 사라졌다.

늑대로부터 낙타를 지키기 위해 보초를 선 세인은 하늘의 별을 바라보았다. 지금 어디선가 저 별을 어머니와 연리도 보고 있을 것이다. 세인은 결심하고 있었다. 내일 아침에는 일행들을 설득해서 '바위 하얀 초원'으로 가기로.

날이 밝았다. 세인은 뜬 눈으로 밤을 새웠다.

"바위 하얀 초원으로 가야겠습니다."

다른 전사들도 세인의 마음을 알고 있었다. 말이 필요 없었다. 이미 죽음을 각오한 몸이었다. 사라안족이 있는 곳이면 이 세상 어디까지라도 따라갈 참이었다.

세인이 조용히 기도했다. 어머니 이안처럼, 연리처럼.

은혜로운 별님과 달님.

그리고 그것을 관장하는 한 분 함님.

호랑이 용맹

사자의 위세

독수리 날쌤

그것을 우리들에게 주소서.

그들은 천천히 출발했다. 소루족의 본거지가 달의 눈물방울이었다면 사라안족의 터전은 늑대의 초원이었다. 그들은 그곳에서 힘을 길러 사방의 다른 초원족들을 침략한 것이다. 그래서 그들은 그 어떤 곳보다 늑대의 초원을 중요시했다. 그들은 늑대의 초원에 다른 부족이 들어오는 것조차 용납하지 않았다. 그러나 사실 늑대의 초원은 다른 오아시스 지역보다 물이 풍부한 곳이 아니었다. 오아시스 지역이라기보다는 오히려 황막한 초원이었다. 다행히 말과 낙타를 먹일만한 조그만 호수가 가운데에 있었다. 그런데도 사라안족이 그곳에 머무는 것은 천연의 요새였기 때문이었다. 서쪽 사람들이 살고 있는 초원에서 그곳으로 가기 위해서는 반드시 험난한 바위 하얀 초원을 지나야 했다. 바위 하얀 초원은 엄청난 크기의 바위들이 솟아 있는 바위 계곡 옆이었다.

낙타는 몸집에 비해 겁쟁이였다. 대낮이라도 앞에 툭 튀어나온 나무나 바위가 있으면 놀라서 요동을 쳤다. 더구나 지금 소루족의 전사들이 타고 있는 낙타는 길들인지 얼마 되지 않은 낙타들이었다. 낙타들이 자꾸 히힝거리며 걸음을 멈췄다. 그 울음소리에 사라안족들이 나타나지 않을까 불안하지 않을 수 없었다.

"낙타를 두고 갑시다."

세인이 조용히 말했다.

니시가 고개를 끄덕였다.

어차피 낙타로 바위 하얀 초원을 갈 수는 없었다.

"낙타가 없으면……."

야소가 걱정스럽게 물었다.

"만일에 대비해서 저쪽 바위 밑에 묶어 두지요."

세인이 말했다.

"늑대들이 저놈들을 가만두겠습니까? 이곳의 늑대들은 낙타들의 살과 뼈를 먹는 것이 아닙니다. 낙타들을 쓰러뜨려 그 피만 빨아먹지요. 낙타들이 울부짖으면 우리가 이곳에 온 것을 사라안족이 금방 알 겁니다."

"그러면 무슨 방법이 없을까요?"

소야가 물었다.

세인이 대답했다.

"그냥 풀어놓는 수밖에요. 이미 코가 뚫린 저놈들은 야생으로

돌아갈 수가 없습니다. 야생으로 돌아가도 외톨이로 무리에서 쫓겨나지요. 결국 풀어놓은 이곳 근방을 서성이게 될 겁니다. 사라안족이 낙타를 키우는 방법이지요."

역시 세인은 몬라이의 아들이었다.

그들은 해가 지기를 기다렸다.

서서히 어둠이 다가왔다. 이제 일곱 명의 전사가 움직일 차례였다. 그들은 소리 없이 바위 하얀 초원을 넘었다. 사라안족의 정찰병들은 모두 어디로 갔는지 보이지 않았다. 멀리 사라안족의 천막이 보였다. 그곳에서 흘러나오는 불빛도 보였다. 노랫소리가 들려왔다. 세인은 움찔했다. 사람을 짐승처럼 죽이는 저 야만족에게도 그들만의 노래가 있다니……. 추장이 있는 곳을 찾아야 했다. 그런데 조금 이상했다. 매사에 의심 많은 사라안족이 경계병을 배치하지 않은 것이다.

"남자들은 모두 전장에 나갔겠지."

"지금 사라안족을 건드릴 부족은 없으니까."

그러나 니시는 고개를 흔들었다.

"아니야. 그래도 사라안족은 경계병을 배치해."

그러나 이미 엎질러진 물이었다. 여기까지 와서 돌아갈 수는 없었다.

"추장의 아내라도, 그 아들들이라도 죽여야지요."

마침내 그들이 추장의 천막을 헤쳤을 때, 그곳에는 아무도 없었다. 그저 작은 불빛만이 깜박일 뿐이었다.

"속았다."

세인의 그 말이 끝나기가 무섭게 어디선가 나타난 사라안족 추장이 웃고 있었다.

"너를, 이제야 잡았구나."

바보 율상

바람이 불었다.
바람이 불었다.

넓은 초원에서는 단 한 사람도 찾아내기가 어려웠다. 거기에서는 사람이 한 알의 모래와 같았다. 그러나 만일 그가 넓은 지역에서 풀을 뜯는 한 떼의 가축들을 데리고 있다면, 멀리서라도 짐승을 한 마리쯤 보게 될 것이고, 그 다음에는 다른 짐승들도 눈에 띌 것이다. 그리고 가축 떼가 있는 곳에 그 목동도 같이 있을 것이다. 그것이 이안의 바람이었다. 나중 일은 어떻게 되더라도.

그러나 아직까지 연리와 이안은 어디에서도, 아무것도 찾지 못했다. 가축 떼들이 어디론가 다른 곳으로 몰려갔거나, 사라안족이 가축들을 모두 다른 곳으로 팔러 보냈을지도 모를 일이었다. 그렇다면 그 바보울상이 그렇게 먼 곳에서 다시 돌아올 수 있을까?

　처음 마을을 떠날 때, 그들에게는 단 한 가지 바람밖에 없었다. 비록 세인이 바보울상일지라도 살아 있는 세인을 만나 보겠다는 것이었다. 만일 그가 아무것도 기억하지 못한다고 할지라도 세인이기만 하다면, 다만 살아 있기만 한다면…….

　그들은 어느 순간부터 세인이 살아 있기만을 바랐다. 그것은 처음 상인들에게 그 바보울상 이야기를 들었을 때와는 완전히 다른 생각이었다. 그들의 기도와도 정반대의 생각이었다. 그들은 처음 상인들의 말을 듣는 순간 세인이 죽어 하늘나라의 목동이 되었기를 간절히 빌었다. 죽어서 그 시체가 초원의 흙이 되었기를 간절히 빌었다.

　그러나 세인을 찾아 나선 도중에 그들 자신도 알지 못하는 사이에 제발 세인이 살아 있기만을 간절히 빌었다. 연리는 묻는 말 외에는 아무 말도 하지 않았다. 이안도 연리의 눈동자를 보면서 점점 말을 잃어 갔다. 그것은 스스로 벙어리가 된 연리 때문인지도 몰랐다.

"연리?"

"……."

바위 하얀 초원으로 깊이 들어갈수록, 그래서 얼마 전에 상인들이 지나다가 만났다는 그 목동이 있음직한 곳으로 가까이 갈수록, 그들은 그 바보울상이 세인이 아니라 다른 어떤 불행한 사람이기를 함께 기도하기 시작했다. 그리고 멀쩡한 세인과 마주치기를 바랐다. 그런데도 그들은 그 바보울상을 단 한 번만이라도 보려고 계속 돌아다녔다. 이안은 만약 그 바보울상이 아들이 아니라면 고향으로 다시 돌아가 연리와 편안한 마음으로 살겠다고 다짐했다.

그런 생각들과 씨름하면서 경사진 능선을 막 지나던 중에 이안은 별안간 넓은 계곡 전체에 걸쳐 한가로이 풀을 뜯는 수많은 낙타들을 보게 되었다. 그곳은 상인에게 들은 바로 바위 하얀 초원 근처였다. 살쪄 가는 갈색의 낙타들이 조그만 덤불들과 가시나무들 사이를 돌아다니며 순을 뜯어먹고 있었다.

이안은 힘차게 차야이마의 배를 찼다.

"허엉."

그러자 차야이마가 숨을 헐떡이며 전속력으로 달리기 시작했

다. 처음엔 마침내 바보울상을 찾아냈다는 기쁨으로 숨이 막힐
지경이었지만 나중에는 갑자기 무서워졌다. 등에 식은땀이 흘렀
다. 그 바보울상이 아들이라면. 어쩌면 바보울상으로 변해 버린
아들을 보게 될지도 모른다는 생각으로 이안도 차야이마처럼 숨
을 헐떡였다. 연리는 몸을 떨고 있었다. 그가 만약 진짜로 세인이
라면…….

"아가, 어떤 일이 있어도 걱정하지 마라. 살아 있다면 내가 구
할 것이고, 죽었다면 하늘나라 목동이 되어 있을 것이다."

그러나 이안의 말은 걱정으로 토막토막 끊어지고 있었다.

"어머니, 제 걱정은 마세요."

연리는 힘없이 웃었다.

많은 낙타들이 한가롭게 풀을 뜯고 있었다. 그러나 목동은 어
디에도 없었다. 그들을 태운 차야이마는 옛 주인을 찾으려는 듯
낯선 낙타들 사이를 마구 돌아다녔다.

이안과 연리는 고개를 두리번거리며 주위를 살폈다.

바로 그때 계곡 건너편에서 어떤 남자의 모습이 눈에 들어왔
다. 그러나 거리가 꽤 멀었으므로 그들은 그가 누구인지 알지 못
했다.

어떻게 알았는지, 차야이마가 목동 쪽을 향해 달리기 시작했

다. 차야이마는 하늘을 향해 코를 벌렁거리며 소리를 질렀다. 틀림없었다. 확인하지 않아도 그 목동은 세인이었다. 주인의 뜻을 알아차린 차야이마는 재빠르게 목동에게 다가갔다.

목동은 한 손에는 긴 지팡이를 들고 다른 한 손으로는 그가 타고 다니는 낙타 고삐를 쥐고 있었다. 그러나 상인들의 말과는 달리 얼굴에 낙타 가죽으로 만든 가면을 쓰고 있었다. 목동은 그들이 다가오는 모습을 잠자코 지켜보며 서 있었다. 왼손에 잡은 고삐. 이안과 연리는 금방 그가 세인이라고 판단했다.

"아!"

누가 먼저랄 것도 없이 소리를 질렀다.

그와 동시에 이안은 차야이마에게서 떨어져 내렸다.

"얘야!"

그녀는 목동에게 달려갔다.

"나다, 엄마다!"

그러나 다음 순간 이안은 목동에게 달려갈 수 없었다. 목동이 아들의 냄새라도 맡으려고 달려가는 이안을 보고는 순식간에 낙타 등에 올라탔던 것이다. 목동은 이안을 향해 손을 내저었다. 조금이라도 더 가까이 가면 금방이라도 낙타의 옆구리를 칠 태세였다.

차야이마 등에서 내리지도 못한 연리는 돌처럼 굳은 얼굴로 이안과 목동을 바라보고 있었다. 상인들이 말한 그 바보울상이 틀림없었다. 그렇지만 가면을 쓴 바보울상의 표정은 알 길이 없었다. 지독한 형벌을 받기 전, 그러니까 정신이 온전할 때 마지막으로 부른 이름이 분명 어머니와 연리였겠지만, 이제 그는 그녀가 누구인지 왜 울고 있는지조차 묻지 않았다.

이안은 땅바닥에 주저앉아 울부짖었다.

"이 세상 누가 너를 이렇게 만들었단 말이냐! 너를 낳은 이 어미도 알아보지 못하고, 네게 얌전히 미소 짓던 네 어린 아내의 이름마저 기억하지 못하게 누가 너를 이렇게 만들었단 말이냐!"

그러나 바보울상은 자신을 쳐다보고 있는 연리를 한번 힐끗 쳐다보고는 그가 탄 낙타를 끌고서 멀리 물러났다.

그때 연리가 차야이마 등에서 내렸다.

"세인!"

그것이 연리가 할 수 있는 말의 전부였다. 연리는 달려가고 싶었지만 바보울상은 다시 가까이 오지 말라는 신호를 보냈다. 그리고 멍청하게 웃었다.

"나, 연리야!"

그러나 바보울상은 말이 없었다.

"날 봐. 나를 똑똑히 보라구!"

연리의 애원은 아무 소용이 없었다. 낙타 등에서 내린 바보울 상은 등을 돌려 천천히 앞으로 걸어갔다. 뒤도 돌아보지 않았다. 연리도 두 손으로 얼굴을 감싸고 울고 있었다. 그 울음소리가 조용한 초원을 울렸다. 그것을 바라보던 이안도 있던 그 자리에 쪼그려 앉아 얼굴을 손에 묻고서 고개도 들지 않고 흐느껴 울었다. 그리고 이안은 울다 지쳐 돌처럼 굳어 있는 연리에게 다가갔다.

"아가."

그러나 연리는 고개도 들지 않았다.

바보울상이 된 아들보다도 연리가 더 가여웠다. 그녀는 늘 하던 방식대로 연리를 품에 안았다. 그러나 연리는 아무런 반응이 없었다. 온몸이 싸늘했다.

"연리, 잘 들어라. 나는 분명하게 세인을 데리고 갈 것이다. 그리고 그 애를 옛날의 세인으로 되돌려 놓을 것이다. 내가 살아서 하지 못하면 죽어서라도 그렇게 할 것이다. 그러니 너는 언제나 내 옆에만 있어라."

연리가 비로소 고개를 끄덕이며 말했다.

"저는 세인 옆에서 죽을 것입니다."

이안이 연리의 등을 토닥거렸다. 그제야 연리가 울음을 멈췄다.

바보울상은 아무 일도 없었다는 듯 낙타를 돌보고 있었다. 아주 능숙한 솜씨였다. 이안은 그 모습을 보고 아주 어릴 때 세인에게 낙타 고삐를 건네주었던 기억을 떠올렸다. 아장아장 걸으면서 동그란 눈으로 차야이마를 끌고 가던 어린 아들의 뒷모습. '얘야, 이제 너도 낙타를 돌봐야 한다. 그래야 당당한 소루 부족이 되지.' 그녀가 그렇게 말했을 때 세인은 혀를 내밀며 말했었다. '이 낙타아 내꼬야.' 이안은 그때를 생각하며 힘을 냈다.

반드시 되돌려 놓을 것이다. 죽어 하늘에 올라가더라도 함님과 만나 담판을 지을 것이다. 이안은 크게 한 번 숨을 들이쉬고는 천천히 바보울상에게 다시 다가갔다.

그러나 바보울상은 곧바로 다시 낙타를 탔다. 어쩔 수 없이 이안도 적당한 거리에서 멈췄다. 그때 이안의 머릿속은 이 세상에서 가장 아름다운, 이 세상 무엇과도 바꿀 수 없는 아들의 웃음, 여린 미소가 스쳐갔다. 이안의 가슴속은 너무 벅차서 숨을 쉴 수 없을 정도였다.

그러나 바보울상은 낙타가면에 빠끔 뚫어 놓은 구멍 사이로 두 눈만 반짝였다.

"거기 앉거라, 얘기 좀 하자꾸나."

이안이 환한 미소를 지으며 크게 말했다. 거리가 멀었기 때문이었다.

그러나 바보울상은 서 있었다. 이안만이 땅에 앉았다.

"나를 알아보겠느냐?"

바보울상은 고개를 흔들었다.

"몰라."

목소리도 달라져 있었다.

"누가 너의 목소리까지 빼앗아 갔느냐?"

바보울상은 여전히 고개를 내저었다. 그러나 이안은 바보울상이 기억을 떠올리려고 안간힘을 쓰고 있다는 것을 알았다. 바보울상이 고개를 흔들며 괴로워하는 몸짓을 했기 때문이었다. 이안의 가슴은 마구 뛰기 시작했다. 심장이 터질 것 같았다. 그러나 현재와 과거 사이에는 바보울상과 이안이 건널 수 없는, 눈에 보이지 않는 강물이 가로막고 있었다. 깊고 푸른.

"옳지. 생각을 해라. 끊임없이 생각을 해라."

"……."

"네 이름은?"

"……."

"어디서 태어났지?"

"……."

"네 아내 이름이 뭐지?"

"……."

"그걸 알겠니?"

"……."

하지만 바보울상은 아무 말도 하지 않았다. 이안은 절망했다. 하루에도 수십 번씩 왔다 갔다 했던 마음, 이안의 가슴은 다시 찢어지기 시작했다. 이안은 자신도 모르게 소리쳤다.

"사라안족이 네게 무슨 짓을 한 것이냐?"

그러자 바보울상은 깜짝 놀라서 뒤로 물러났다.

"아니다. 가까이 가지 않으마. 도망가지 마라."

이안이 속삭이듯 달랬다. 그러나 이안의 입술은 걷잡을 수 없이 떨리기 시작했다. 분노와 증오, 그리고 슬픔이 뒤섞였기 때문이었다. 이안은 어떻게든 마음을 진정시키려고 하면서도 흐느끼기 시작했다. 그러나 이안의 슬픔도 결코 바보울상의 마음을 움직일 수는 없었다.

"그들이 도대체 너에게 무슨 짓을 했기에……."

이안이 울면서 말했다.

이안이 연리를 가리켰다.

"저기 울고 있는 아이의 이름이 무엇이냐?"

바보울상이 고개를 흔들었다.

"연리다. 눈으로 말을 하는 우리 아가 연리! 우리가 이 세상에서 가장 사랑하는 너의 아내 연리!"

그러나 바보울상은 멍청하게 연리를 쳐다보고 있었다.

이안은 하늘을 향해 무릎을 꿇었다.

"아아, 함님이시여, 당신이 정말로 계시다면 어째서 사람들에게 이런 잔인한 힘을 주셨나요? 정말 당신은 하늘에 있습니까?"

다음에는 이안의 가슴속 깊은 곳으로부터, 적막하고 끝없는 초원에 오래도록 메아리 친, 가슴 찢는 울부짖음이 터져 나왔다. 그러나 바보울상은 히죽거리고 있었다.

"네 이름은 세인이야. 그런 이름 들어봤니? 너는 세인이야. 네 아버지 이름은 몬라이였고, 분명히 네 아버지는 기억하겠지? 네가 어렸을 적에 그분은 네게 활 쏘는 법을 가르쳐 주셨어. 나는 네 엄마고, 너는 내 아들이야. 너의 아내 연리, 초원의 모든 꽃들보다 더 어여쁜 이름, 연리. 너는 소루 부족 출신이고, 알아듣겠니? 너는 소루 부족 사람이야."

이안이 그런 말을 하는 동안에도 바보울상은 풀숲의 귀뚜라미 소리를 듣기 위해 멍청하게 서 있었다.

그러나 이안은 바보울상에게 계속 물었다.

"네가 여기로 오기 전에 무슨 일이 있었지?"

"몰라."

바로 그때였다.

"어머니!"

연리의 비명이었다. 이안은 순간적으로 자기의 실수를 알아차렸다. 멀리서 사람의 모습이 나타났던 것이다. 사라안족이었다. 머리끝이 곤두섰다. 사라안족이 낙타를 타고서 그들 쪽으로 오고 있었다. 재빨리 숨어야 했다.

"연리, 낙타에 타라!"

그러나 연리는 움직이지 않았다.

"연리!"

"어머니, 혼자 가세요. 저는 여기서 세인과 함께 사라안족에게 죽을 겁니다."

연리는 천천히 바보울상에게 다가갔다. 바보울상은 연리가 다가가자 알 수 없는 소리를 지르기 시작했다. 발작이었다. 그 순간 이안은 번개같이 연리를 안아 차야이마에 태웠다. 시간이 없었다. 역시 소루 최고의 전사, 몬라이의 아내다운 몸놀림이었다. 그러나 그 순간에도 이안은 이 한마디를 잊지 않았다.

"아무 말도 하지 마라. 곧 돌아올 테니까."

이안이 다짐을 했다.

그러나 바보올빼상은 말이 없었다.

이안은 곧 자신의 더 큰 실수를 알아차렸다. 풀을 뜯는 짐승들 사이로 낙타를 타고 가다니. 그러나 이미 때가 늦어 있었다. 낙타 떼 쪽으로 다가오고 있던 그 사라안족 사람은 틀림없이 하얀 암낙타를 타고 멀어져가는 그들을 보았을 것이다. 그들은 낙타에서 내려 풀을 뜯는 짐승들 사이로 몸을 숨기며 멀어졌어야 했다.

낙타들이 풀을 뜯는 곳으로부터 얼마쯤 멀어진 뒤에 이안은 다북쑥이 무성하게 자란 깊은 계곡으로 들어갔다. 그러고는 차야이마를 계곡 바닥에 남겨두고 벼랑을 다시 기어올라서 아래쪽을 살펴보았다.

사라안족은 그들을 본 것이 틀림없었다. 그렇지 않고서야 금방 낙타를 재촉해서 쫓아왔을 리가 없었다. 그 사라안족 사람은 창과 활로 무장을 하고 있었는데 사방을 둘러보다가 하얀 낙타를 탄 여인 둘, 그들을 향해 시선을 고정했다. 그리고 그들이 사라지자 주변을 살피고 있었다. 그들은 연리와 이안을 찾으려고 우왕좌왕 하다가 마지막에는 그녀와 연리가 숨어 있는 계곡 가까운 곳까지 다가왔다. 연리가 차야이마의 주둥이를 비단천으로 동여매 놓았던 것이 다행이었다.

벼랑 가장자리에 자란 다북쑥 덤불 뒤에다가 몸을 숨긴 이안과 연리는 그 사라안족 사람을 똑똑히 볼 수 있었다. 푸른 옷을 입은 무서운 부족, 사라안족을 그렇게 가까이서 본 것은 연리도 이안도 처음이었다. 그들은 모두 푸른 옷에 푸른 모자를 쓰고 있었다. 생김새는 다른 부족 사람들과 조금도 다르지 않았다. 어떻게 저런 사람들이 그런 끔찍한 짓을 할 수 있을까?

이안은 이를 갈았다. 그렇지만 활 한 번 만져본 적 없는 이안이 사나운 사라안족과 맞설 수는 없었다. 더구나 그녀에게는 수선화 꽃처럼 아름다운 연리가 딸려 있었다. 그녀는 정말로 무엇 때문에 저 사람들이 그토록 잔인해지고, 노예의 기억을 말살시킬 정도로 야만스럽게 되었는지를 도무지 알 수가 없었다.

사라안족은 한참 동안 주위를 두리번거리다가 자기들의 낙타 떼가 있는 곳으로 돌아갔다.

때는 이미 저녁이어서 해는 졌지만 붉게 타는 석양이 한동안 초원에 걸려 있었다. 그러고 나서 갑자기 어둠이 내렸고 밤의 고요가 찾아왔다.

이안과 연리는 불쌍한 아들, 불쌍한 남편이 있다고 생각하는 곳으로부터 멀지 않은 초원에서 온밤을 보냈다. 그 바보울상에게 돌아가기가 두려웠기 때문이었다. 어쩌면 그 사라안족들이 그들을 붙잡기 위해 바보울상과 함께 낙타 무리에 숨어 있을지도 모를 일이었다.

"나도 바보울상이 될 거예요."

참담한 말이었다. 이안은 연리의 얼굴을 두 손으로 감쌌다. 연리의 눈에서 비로소 샘물 같은 눈물이 쏟아져 내렸다. 이안은 연리의 볼에 자신의 볼을 비볐다.

"아가!"

"나도 세인처럼 바보울상이 될 거예요! 그리고 그의 옆에 살 거예요!"

그러나 이안은 아무 말도 하지 않았다. 그저 연리를 끌어안고 울었다.

"날이 밝더라도 너는 여기 꼼짝 말고 있어야 한다."

연리가 고개를 흔들었다.

"내가 반드시 세인을 데리고 온다."

"저도 함께 갑니다."

연리는 언제나 그런 식이었다. 그렇지만 그런 방식은 이안이 가장 좋아하는 방식이었다. 짧음, 그리고 단순함. 초원에 살면 그것이 가장 좋은 방식이었다. 눈빛만으로도 낙타를 몰고, 손짓만으로도 친구를 맞는 그런 단순함이 초원 부족의 전통이었다.

연리는 정말로 가슴에 있는 이야기를 할 줄 알았다.

이안은 다시 한 번 연리를 끌어안았다.

"살아 있는 동안은 내 너와 함께 있을 것이다. 눈 감는 날까지 네 옆에 있을 것이다. 내 아들과 함께."

이안은 어떤 일이 있더라도 아들을 데리고 해 뜨는 나라, 동쪽으로 가야겠다고 결심했다. 자신 때문이 아니었다. 연리를 위해서였다.

이안은 비록 지금은 아들이 바보울상일지라도 동쪽으로 가서 많은 사람들 사이에 있게 된다면 멀지 않아 제 정신을 찾게 될 것이라고 확신했다. 모든 생명들이 힘차게 살아 숨 쉬는 동쪽으로 가면 틀림없이 어린 시절을 기억하게 될 것이다. 정확하게 연리의 얼굴을 보면 틀림없이 옛날의 세인으로 돌아올 것이라고 확신했다.

다음 날.

이안은 연리와 함께 다시 차야이마에 올라탔다. 그리고 오랫동안 멀리서 맴돌다가 낙타 떼가 있는 곳으로 다가갔다. 낙타 떼는 밤사이에 조금 옮겨 가 있었다. 낙타 떼를 찾아내자 그들은 한동안 근처에 사라안족이 없는지를 확인했다.

"아가, 너는 여기 숨어 있어라."

"어머니."

"우리 둘이 가면 위험해."

연리가 고개를 끄덕였다.

풀숲에 연리를 숨긴 이안은 주위를 살폈다. 아무도 없었다. 이안은 곧바로 낙타 떼가 있는 바보울상에게 달려갔다. 그리고 아들의 이름을 외쳐 불렀다.

"세인, 세인! 나다. 엄마야!"

바보울상은 누군가 외치는 소리에 고개를 돌렸지만 더 이상 움직이지 않았다. 이안은 또다시 아들의 잃어버린 기억을 되살리려고 하였다.

"네 이름을 기억해 보거라. 제발 네 이름을 기억 좀 해 봐!"

이안이 애원했다.

"네 아버지 이름은 몬라이였어. 너 그걸 모르겠니? 네 이름은 바보울상이 아니라 세인이야. 눈보라 속에서 네가 태어났을 때는 모두들 사흘 동안 기뻐하고 축하해 주었지."

그런 말에도 바보울상은 아무런 표정도 짓지 않았다. 그러나 이안은 아들의 무의식 속에서 기억이 불꽃처럼 되살아날지도 모른다는 희망으로 이야기를 계속했다. 이안은 바보울상의 굳게 닫힌 철문을 두드리고 있는 셈이었다.

이안은 같은 말을 몇 번이나 되풀이했다.

"네 이름을 알겠니? 네 아버지 이름은 몬라이였어."

그러나 이안은 바보울상의 굳게 잠긴 빗장을 열지 못했다. 이안은 한숨을 내쉬었다. 방법은 한 가지 밖에 없었다. 아들을 옛날의 어린 시절로 되돌릴 수밖에 없었다. 이안은 바보울상 멀리서 자장가를 부르기 시작했다.

잘도 잔다.

잘도 잔다.

초원의 달님도 잠들고

초원의 낙타도 잠들면

천금 같은 우리 아가

만금 같은 우리 아가

잘도 잔다.

잘도 잔다.

바보울상은 어렴풋 그 노래만큼은 좋아하는 듯했다. 이안이 노래를 불러 주자 손과 발을 움직였던 것이다. 이안은 희망을 가졌다. 이안의 얼굴이 환하게 빛났다. 아들을 다시 찾을 수 있다는 확신이 들었다.

"애야, 이제 우리 집에 가야지?"

바보울상이 고개를 흔들었다.

"너의 집은 이곳이 아니야. 저 멀리 있는 초원, 달의 눈물방울이 너의 고향이야. 너는⋯⋯."

이안은 목이 메어 더 이상 말하지 못했다. 시간이 얼마나 흘러갔는지도 알아차리지 못했다. 이안은 단지 낙타 떼들 저편으로 낙타를 탄 사라안족이 나타났을 때야 시간이 흘렀다는 것을 짐작했다. 이번엔 사라안족이 지난번보다 훨씬 더 가까이 와 있었고 그녀를 붙잡을 생각으로 빠르게 달려오고 있었다. 한 사람은 활을 겨눈 채로 달려오고 있었다.

때가 늦었다.

이안은 꼼짝도 하지 못했다. 도망갈 시간이 없었다. 이안은 눈을 감았다. 바로 그때 다른 방향에서 쏜살같이 달려오는 낙타가 있었다. 연리가 탄 차야이마였다.

"어머니!"

"연리!"

그것은 순식간에 일어난 일이었다. 차야이마는 빛처럼 빠르게 달려와 이안을 태우고 달리기 시작했다. 그러나 사라안족의 손을 떠난 화살은 연리를 향해 날아왔다.

"아가!"

이안이 그렇게 외치는 순간 화살은 앞에 탄 연리의 손등을 스치고 지나갔다. 연리는 차야이마의 갈기를 꼭 붙잡은 채로 정신을 잃고 있었다. 차야이마는 달리고 또 달렸다. 사라안족의 낙타와는 비교할 수 없는 속도였다.

발 빠른 하얀 낙타 차야이마는 소리를 지르고 창을 던지며 맹렬히 뒤쫓아 오는 사라안족 두 사람을 따돌리고 도망쳤다. 사라안의 보잘것없는 낙타로는 차야이마를 따라올 수가 없었다. 차야이마는 잠시 숨을 돌려 기력을 되찾은 뒤에 다시 놀라운 속도로 달렸다. 그리고 안전하게 풀숲에 앉았다.

"연리!"

이안은 정신을 잃은 연리를 흔들었다. 그러나 연리는 아무런 반응이 없었다. 얼굴이 푸르게 변하고 있었다. 독이 몸에 퍼지기 시작한 까닭이었다. 시간이 없었다. 이안은 연리를 반듯이 눕히고 주머니에서 칼을 꺼냈다.

사라안족에게 붙잡혔을 때, 그들의 노예가 되기보다는 죽기 위해 준비한 칼이었다. 이안은 재빨리 연리의 손등을 칼로 찢었다. 그리고 입을 대고 피를 빨기 시작했다. 소루족처럼 사라안족의 화살도 모두 독이 묻어 있었다. 스치기만 해도 죽는 무서운 독이었다. 이안은 정신없이 연리의 손등을 빨고 또 뺄었다.

이번에는 서서히 이안이 정신을 잃기 시작했다. 눈앞이 가물가물해지더니 아무것도 보이지 않았고, 아무것도 들리지 않았다. 그래도 이안은 연리의 손등을 빨았다. 그리고 이안은 하늘나라 풀밭에서 목동이 된 아들의 모습을 보았다. 말을 모는 늠름한 남편의 모습도 보았다. '아가!' '몬라이!' 그녀는 한없이 아들과 남편의 이름을 불렀다. 그러나 그들은 웃기만 할 뿐 아무 말이 없었다. 그래도 이안은 끝없이 그들의 이름을 불렀다.

"세인!"

"몬라이!"

그렇게 얼마나 많은 시간이 흘러갔을까?

이안은 낮은 기도 소리를 들었다.

불길한 것은 모두 떠나게 하소서.

오직 밝은 빛만을 주소서.

이 초원에서

남편을 잃은 어린 아내가

간절히 청하옵니다.

은혜로운 함님이시여.

저에게 사랑하는 어머니와

단 하나뿐인 남편을

돌려주소서.

이안이 눈을 떴을 때, 하얀 비단천을 목에 두른 연리가 무릎을 꿇고 앉아 기도를 하고 있었다. 자신과 똑같은 모습으로. 이안의 눈에 눈물이 쏟아져 내렸다. 기쁨의 눈물이었다.

"어머니!"

기도를 마친 연리가 이안의 가슴에 얼굴을 묻었다.

"미안하다, 아가야. 네가 날 살렸구나."

연리의 창백한 얼굴을 보자 다시 눈물이 흘렀다.

이안은 말없이 자신을 쳐다보는 연리의 손을 잡았다.

"연리, 잘 들어라. 이번이 마지막이 될 것이다. 만약 우리 모두가 죽는다면 하늘나라 풀밭에서 살게 될 것이다. 난 우리가 나중에 죽어 살 곳을 보았다. 그러나 우리 모두가 살아 세인을 데려올 수 있다면 우리는 반드시 동쪽 해 뜨는 나라로 갈 것이다. 그곳은 분명 초록의 눈동자 너머에 있는 그 땅이다. 그 땅 너머에는 틀림없이 오랜 옛날 동쪽으로 떠난 우리 부족 사람들이 있을 것이다.

흰 옷을 입은 사람들, 그 사람들이 우리 부족이다."

연리는 고개를 끄덕였다. 그렇지만 연리의 눈엔 이슬이 맺혀 있었다.

"이번엔 반드시 세인을 데리고 온다. 사라안족이 우리가 여기 맴도는 걸 알았다. 이제 시간이 없어."

살을 에이도록 추운 밤. 그러나 그들은 천막을 칠 수 없었다. 언제 사라안족이 들이닥칠지 알 수 없었던 것이다. 늑대들이 이 곳저곳에서 울었다. 그렇지만 조금도 무섭지 않았다. 그들에게 다른 두려움은 없었다. 오직 걱정되는 것은 세인이었다.

이안은 화가 난 사라안족들이 돌아가서 바보울상인 아들을 얼마나 잔인하게 때렸는지 알 도리가 없었다. 그것이 무섭고 불안했다. 만일 사라안족이 세인과 낙타 떼를 데리고 모두 다른 곳으로 간다면? 강제로라도 아들을 데리고 올 걸. 이안은 후회를 하였다. 이안은 연리를 안고 밤을 새웠다. 연리는 초원의 사슴처럼 가늘게 숨을 쉬고 있었다. 이안도 그랬지만 연리도 화살의 독이 다 빠지지 않았던 것이다.

이안의 걱정과 달리 사라안족은 바보울상을 때리지도 않았고, 어떤 위협도 가하지 않았다.

다음 날 바보울상은 멀리서 그들을 바라보며 씨익 웃었다.

둥지에서 쫓겨난 새처럼 이안과 연리는 어떻게 해야 할지, 무엇을 생각해야 할지 모르고 초원을 맴돌았다. 많은 생각에 잠긴 채 그들은 몸을 숨기며 이리저리 돌아다니다가 마침내 사라안족 사람들이 낙타 떼가 있는 곳으로부터 떠났다는 것을 알았다.

"아무도 없다."

"지금이에요."

그녀는 그렇게 말하며 연리와 눈을 맞췄다.

연리도 기쁨의 웃음을 지었다.

"이번엔 함께 가자. 그리고 강제로라도 데리고 오는 거다. 우리 차야이마는 네 사람을 태우고도 바람처럼 갈 수 있지."

이안은 차야이마의 머리를 쓰다듬어 주었다. 차야이마가 이안의 손을 핥았다. 이안은 다시 한 번 주위를 둘러보았다. 어찌된 일인지 사라안족은 단 한 사람도 보이지 않았다. 이안과 연리는 한참 동안 그들을 지켜보다가 그들이 멀리 사라지자 아들에게 돌아가기로 작정했다. 그리고 무슨 일이 있어도 이번에는 아들을 데려가기로 마음먹었다.

"좀 이상해요. 세인은 저렇게 걷지 않는데……."

연리가 그렇게 말했지만 이안은 시간이 없었다.

"앞으로 모든 일은 하늘에 맡길 수밖에."

이 기회를 놓치면 다시는 아들을 되찾을 수 없다는 것을 이안은 알고 있었다. 그러나 이안은 몰랐다. 함정을 파놓은 사라안족은 이미 이안과 연리의 모든 동작을 알고 있다는 사실을.

"초원 사람들에게 저들이 사로잡힌 포로들을 어떻게 불구로 만들어 놓았는지 또 그들을 어떻게 학대하고 그들에게서 어떻게 기억을 빼앗아 버렸는지 알게 해야 돼. 세인의 모습을 보여 주어서 그들을 다시 일어나게 해야 돼. 무기를 들게 해야 돼. 이건 단순히 물에 관한 문제가 아니야. 사라안족이 저지른 죄악을 그냥 넘길 수는 없어."

이안은 연리에게 그렇게 말했지만, 사실은 자신에게 말하고 있었다.

이제 마지막이 될지도 모르는 아들과의 만남, 바보가 된 아들을 어떻게 설득할 것인가? 그런 생각을 하는 도중에 영리한 차야이마는 어느새 그녀의 마음을 알기라도 한 듯 바보울상을 향해 가고 있었다.

거대한 초원에 어둠이 깔리기 시작했다. 무수히 많은 과거와 미래를 연결해 주는 또 다른 밤이 계곡들과 언덕들 위로 붉은 저녁놀이 내려앉고 있었다. 이안은 차야이마의 등에서 마지막 노래를 불렀다.

하늘의 버림받곤 그 누군들 대답할 수 있으리.

초원도 답이 없고 바람도 답 없으니

귀여운 너의 옷소매 보일 듯 안 보일 듯

하늘나라 북극성 가는 길 또한 말이 없네.

문이야 있다한들 열쇠가 있어야지.

어이해서 너는 얼음 장막 둘렀느냐.

너 있고 나 있음도 오직 잠시 뿐인데.

아들아, 눈 깜박할 사이에 내게로 돌아오라.

하얀 암낙타 차야이마는 수많은 사라안족의 낙타들이 있는 곳으로 제 주인들을 가뿐하고 안락하게 실어 날랐다. 기울어 가는 저녁 햇빛이 낙타의 두 혹 사이에 앉은 그들의 모습을 똑똑히 드러냈다. 이안은 내내 경계를 풀지 않은데다가 극도로 불안해서 창백하고 굳은 표정이었다.

처음 떠날 때와는 너무도 달라져 있었다. 이안의 희끗희끗한 머리칼과 얼굴의 주름살, 불안한 표정은 처음 세인을 찾아 떠날 때와는 완전히 달랐다. 그러나 연리의 표정은 전에 없이 밝았다. 연리는 그 사이 더 성숙한 여자가 되어 있었다.

이안은 연리의 얼굴을 보면서 용기를 얻었다. 그래, 너희들의 행복을 찾아줄 것이다. 작은 새들처럼 부리를 맞대고 놀던 너희들의 시간을 되찾아 줄 것이다. 이안은 기도하는 마음으로 얼굴에 흰 비단천을 둘렀다.

드디어 차야이마가 낙타 떼가 있는 곳에 당도하자 그들은 풀을 뜯는 짐승들 사이를 지나면서 사방을 둘러보기 시작했다. 하지만 바보울상이 있는 기척은 없었다. 바보울상의 낙타는 짐을 실은 채, 무슨 이유에선지 고삐 끈을 땅에 끌면서 제멋대로 풀을 뜯고 있었다. 그곳에 바보울상은 없었다. 그 애에게 무슨 일이 생긴 것일까?

"세인, 얘야, 세인!"

이안은 아들을 부르기 시작했다. 그러나 아무도 나타나지 않았고 이안의 부름에 대답하는 소리도 없었다. 연리도 세인을 불렀다. 그들은 자기의 아들이라고, 자기의 남편이라고 생각하는, 그 바보울상이 낙타 그늘에 몸을 숨긴 채 무릎을 꿇고 앉아 활시위를 당겨 자신들을 겨누고 있는 것을 알지 못했다.

바보울상은 낮은 풀숲에 숨어 있었다. 지는 햇살 때문에 목표물을 겨누기 어려웠던 그는 화살을 날리기에 적당한 순간을 기다리고 있었다. 목표는 바로 이안과 연리였다. 그는 단단하게 시위를 당기고 있었다.

이안과 연리는 그것을 알 턱이 없었다. 꿈에서도 생각지 못할 일이었다. 그러나 일은 그렇게 진행되고 있었다. 아들과 남편을 찾는 어머니와 아내, 그리고 그들을 겨누는 한 바보울상. 그런데도 초원은 말이 없었다. 더없이 맑은 하늘, 구름은 제멋대로 한가롭게 흘러갔고, 바람은 잔잔했다.

"세인, 얘야, 세인!"

"세인!"

그들은 바보울상에게 무슨 일이 생겼을까 봐 불안했다. 그리고 안장에서 몸을 돌렸을 때 비로소 그들을 겨누고 있는 바보울상을 보았다. 바보울상은 연리를 겨냥하고 있었다. 연리의 눈동자가 달처럼 커졌다. 그리고 초원을 찢는 이안의 외침이 들렸다.

"쏘지 마!"

"세인!"

그 순간 바보울상의 화살 대신 사라안족 전사들이 들이닥쳤다. 이미 때는 늦었다. 어디에 숨어 있었는지 한꺼번에 나타난 사라안족은 이안과 연리를 둥그렇게 둘러쌌다.

"내려라!"

짧은 추장의 명령이었지만 거역할 수 없었다. 그 순간에도 이안과 연리의 시선은 가면을 쓴 바보울상에게 가 있었다. 바보울상이 앞으로 나왔다. 그리고 가면을 벗었다. 아! 그것은 세인이 아니었다. 사라안족의 앞잡이가 된 늙은 하리였다. 이안은 그 얼굴을 기억했다. 자신의 천막집을 찾아왔던 바로 그 상인. 바보울상을 보았다고 거짓말을 한 바로 그 상인. 연리 또한 놀라서 눈을 감았다.

하리는 그들을 바라보며 흐뭇하게 웃었다.

그렇지만 이안도 그가 눈보라 치던 날 남편 몬라이가 내쫓았던 누마족의 가장이었다는 것, 그가 자신의 남편 몬라이를 죽였다는 사실은 전혀 알지 못했다.

"몬라이의 아들을 잡기 위해서는 이 방법이 최선이었다. 드디어 복수를 하는구나."

하리는 싱긋 웃었다.

이안은 그제야 그가 눈보라 속에 쫓겨난 남편의 친구 하리였음을 알았다.

아, 그래도 세인은 살아 있구나. 붙잡힌 두 사람은 오히려 마음을 놓았다. 적어도 세인은 바보울상이 아닌 것이다.

산극 시험

바람이 불었다.

바람이 불었다.

세인이 '사라안의 뜰'로 끌려나왔을 때 뜻밖에도 맞은편에 이안과 연리가 나란히 서 있었다. 양옆으로는 사라안족들이 이안과 연리를 잡고 있었다. 중앙에 앉은 추장이 손짓을 했다. 순식간에 세인을 제외한 다른 여섯 명의 소루 전사들이 밧줄에 묶여 끌려 나왔다.

"이들은 우리 추장님을 모독한 죄로 처단한다."

순식간에 칼을 든 여섯 명의 사라안족 전사가 꿇어앉은 소루
전사들의 뒤에 섰다.

은혜로운 별님과 달님
그리고 그것을 관장하는 한 분 함님.
호랑이 용맹
사자의 위세
독수리 날쌤
그것을 우리들에게 주소서.

소루 전사들의 노래가 채 끝나기도 전에 여섯 개의 칼날이 하
늘을 날았다. 동시에 여섯 개의 목이 땅에 떨어졌다. 세인은 눈물
도 나지 않았다. 그것은 이안과 연리도 마찬가지였다. 이안은 세
인의 이름을 한 번도 부르지 않았다. 그것은 연리도 마찬가지였
다. 그들은 소루 전사 여섯 명의 목이 떨어지는 참혹한 장면을 똑
똑히 보았다.

추장이 세인과 이안, 그리고 연리를 차례로 살펴보다가 말했다.
"역시 소루 제일 전사의 가족들이로군. 난 너희들을 살려 주고
싶다. 처음에는 몬라이도 살려 주고 싶었지. 그러나 그는 죽음을

원했어. 그래서 나는 그의 소원을 들어주었다. 어떤가?"

추장이 옆에 서 있던 하리를 쳐다보았다.

하리가 싱긋 웃었다.

이안이 조용히 물었다.

"당신이 그 눈보라 속에 우리를 찾아왔던 그분이군요."

하리가 다시 웃었다.

"나는 이날을 기다리며 죽지 못하고 살아왔소. 들짐승처럼 나 혼자. 얼마 전 몬라이를 죽였고, 이제 그 가족들도 죽일 수 있게 되었으니, 그때 그 눈보라 속에서 죽어간 내 아내와 딸에게 할 일은 마친 셈이오."

하리의 말을 듣고 세인이 소리쳤다.

"천벌을 받을 놈! 그래서 우리 가족 모두를 죽일 참이냐?"

"물론이지. 몽땅 죽여야지."

하리가 바닥에 침을 뱉었다.

"내 죽어서라도 네 놈을 가만두지 않을 것이다!"

세인이 이를 갈았다.

이안이 고개를 흔들었다.

"세인아, 저분을 미워하지 말아라. 모든 잘못은 우리들에게 있다. 우리는 사람의 탈을 쓰고는 하지 말아야 할 짓을 하였다. 이

황량한 초원에서 살기 위해 불빛을 보고 찾아온 사람들을, 그것도 엄마와 아이까지 딸린 온 가족을 어찌 죽음의 눈보라 속으로 내쫓을 수가 있단 말이냐? 세인아, 꼭 인자한 사람이라고 하여, 꼭 지혜로운 사람이라고 하여, 잘못을 저지르지 않는 것이 아니다. 잘못은 누구나 저지를 수 있다. 그러나 네 아버지와 나는 너무나 큰 잘못을 저질렀다. 절대로 되돌릴 수 없는 잘못을 저지른 것이다. 너는 저분에게 용서를 빌어야 한다."

이안은 진정으로 하리에게 머리를 숙였다. 연리도 하리에게 고개를 숙였다. 세인은 울고 있었다.

이안이 재촉했다.

"지금 여기서 죽더라도 용서를 비는 마음만큼은 이 땅에 두고 가야 한다."

마침내 세인이 하리에게 고개를 숙였다.

이안이 간단하게 말했다.

"우리들의 불행은 바로 그날부터 비롯되었습니다. 남편은 그후로 밤낮으로 괴로워했습니다. 이제 내게 그 옛날의 어머니들처럼 죽게 해 주십시오."

하리가 고개를 끄덕이며 추장을 쳐다보았다.

"그렇게 하시겠습니까?"

"난 한번 한 약속은 반드시 지킨다."

추장이 둘러선 사람들을 둘러보며 무겁게 말했다.

세인은 어머니, 이안의 뜻을 알아차렸다.

작은 살구가 한 개씩 이안의 양 어깨 위에 올려졌다. 그리고 화살 두 개가 세인의 손에 쥐어졌다. 세인은 핏발 선 눈으로 추장을 노려보았다.

추장과 하리의 눈빛이 마주쳤다. 그러나 하리는 아까처럼 웃지 못했다. 하리의 얼굴은 어두웠다. 하리는 조심스럽게 세인에게 말했다.

"그것이 너의 어머니 뜻이다."

"난 싫습니다!"

세인은 있는 힘껏 화살을 내동댕이쳤다.

그때 이안이 조용히 말했다.

"세인, 이것은 내 뜻이다."

"아니에요."

세인은 고개를 저었다.

"너는 이제 어린애가 아니야. 아버지의 자랑스러운 아들이고, 연리의 늠름한 남편이어야 한다."

이안은 부드럽게 말했다.

"그렇지. 아마도 몬라이의 아들, 초원 제일의 명궁인 너라면 무사히 시험을 통과할 수 있을 게다. 그리고 이것은 우리 사라안족의 풍습이 아니라 원래 소루, 너희 부족의 풍습이었어. 망설일 것 없다. 난 약속대로 네 어머니의 양 어깨 위에 있는 두 개의 살구를 모두 맞히면 너희 모두를 살려 줄 것이다. 그리고 네가 실수를 하여 한 발이라도 맞히지 못한다면 너희들은 이 자리에서 죽게 될 것이다. 누마족의 손에."

추장이 큰 소리로 말했다.

세인은 허둥대고 있었다.

"세인, 마음을 가라앉혀라. 너는 몬라이의 아들이다. 그리고 소루족의 자랑스런 전사다. 다른 생각은 아무것도 하지 마라. 오직 여기 내 옆에 있는 연리만 생각하여라. 나는 이미 너희 아버지가 전장에서 죽었을 때 죽었다. 다만 내가 죽지 못한 것은 너와 연리 때문이었다. 지금까지 너희 둘이 살아 있는 것만으로도 나는 행복하다. 그렇지만 이제 너희는 이곳에서 살아남아야 한다. 활을 들어라. 그리고 살구를 맞혀. 나를 위해서가 아니고, 오직 너만을 그리고 사랑하는 너의 아내 연리를 위해."

사라안 전사 둘이 다시 독 묻은 화살 두 개를 세인에게 건넸다.

세인은 눈을 감았다.

"연리, 눈을 감아라!"

이안이 말했다.

"너는 이 세상에서 가장 착한 아내가 될 것이다. 이 세상에서 가장 현명한 어머니가 될 것이다. 사랑하는 나의 연리, 죽을 때까지 세인을 사랑해다오."

연리의 눈에서 샘솟듯 눈물이 쏟아졌다.

"울지 않아야 한다."

그러나 한 번 터지기 시작한 연리의 눈물은 걷잡을 수가 없었다. 이윽고 세인이 시위를 당겼다. 몰려든 사라안족들도 숨을 죽였다. 쉿소리와 함께 화살 한 개가 허공을 가르며 이안에게 날아갔다. 그리고 오른쪽 살구 하나가 화살과 함께 공중으로 날았다.

"우아!"

사라안족 사람들의 함성이 울렸다.

"역시, 몬라이의 아들이군. 저 화살 때문에 내가 편안히 잠들지 못했지. 이제 한 발이다."

추장이 중얼거렸다.

이안은 조용히 눈을 떴다.

그때 이안은 활을 잡고 있는 세인의 손이 심하게 떨리는 것을 보았다. 고개를 저었다. 이제 가능성이 없는 것이다. 이안은 어떤 말을 해도 떨리는 세인의 마음은 잡을 수 없다고 깨달았다. 마음을 잡지 못하면 화살은 과녁을 맞출 수 없는 법. 그렇지만 다른 방법이 없었다. 세인이 다시 활을 날렸다. 화살은 바람을 가르며 날아와 이안의 가슴에 꽂혔다. 사방은 쥐죽은 듯 고요했다.

"어머니!"

연리가 울부짖었다.

"세인, 얘야, 세인!"

세인은 쓰러진 이안에게 달려갔다.

"아!"

이안은 눈을 동그랗게 뜨고 신음을 흘렸다.

"내 아들, 세인!"

"어머니!"

세인은 그제야 자신처럼 어머니의 가슴에 독화살을 꽂은 아버지의 심정을 이해할 수 있었다.

하리는 바위처럼 움직이지 못했다.

그 사이 추장이 소리쳤다.

"이들을 모두 처단하라!"

사라안의 전사들이 몰려들었다.

뜻밖에도 하리가 그들을 막아섰다.

"이들을 죽이지 마시오."

"아니! 너는?"

추장이 손가락으로 하리를 가리키며 분노를 삼켰다.

하리가 추장 앞에 무릎을 꿇었다.

"부탁이오. 이들을 살려 주시오. 이제 모든 원한은 끝났소. 여기 지혜로운 소루의 어머니를, 그리고 그 아들과 며느리를 살려 주시오. 이들을 살려 준다면 내 목숨을 내놓겠소."

"흥, 너도 한때는 소루족이었다 그 말이지? 감히 나를 배신해? 여봐라, 저놈부터 처단하라!"

사라안의 전사들이 하리에게 몰려들었다.

그때 연리가 천천히 오른손을 들었다.

"사라안의 추장이시여. 눈보라 속에서 아내와 자식을 잃은 저 가엾은 분을 용서하소서. 오랜 세월 사라안족에게 충성을 다한 저분께 복을 내려 주소서. 사라안의 추장이시여. 소루족 전사의 아내처럼 저분을 대신해서 제가 죽게 해 주십시오!"

추장의 눈이, 모든 사람들의 눈이 연리에게 고정되었다.

"그리고 돌아가신 우리 아버님의 친구이시여. 우리의 용서를 받아 주신 착하신 분이시여. 제가 제 남편의 손에 죽게 해 주십시오!"

하리가 다시 추장에게 무릎을 꿇었다.

"위대한 사라안의 추장이시여. 저 어린 아내의 소원을 들어주소서!"

울음 섞인 하리의 말이 추장을 움직였다.

"좋다."

추장이 고개를 끄덕였다.

"세인, 네 아내의 말을 듣지 않았느냐?"

이안이 숨을 헐떡이며 세인을 밀어냈다.

세인이 천천히 일어났다.

연리의 어깨 위에 두 개의 살구가 얹혀졌다.

활을 잡은 세인의 얼굴엔 아무런 표정이 없었다. 사람들이 숨을 죽였다. 지금 이 순간 세인의 가슴속엔 오직 한 사람뿐이었다. 그것은 어머니 이안도 아니었고, 아내 연리도 아니었다. 그것은 아버지 몬라이였다. 어머니의 가슴에 독화살을 쏜 아버지의 고통. 세인의 눈에 하나 가득 눈물이 맺혔다.

세인은 마지막 아버지의 말을 기억하고 있었다.

'난 언제나 용감했지만 지혜롭지 못했다. 너희 어머니와 같이 연리와 같이 지혜로운 사람이 되어라. 나는 죽으면 가엾은 어머니가 계시는 하늘나라 풀밭으로 갈 것이다. 나는 오늘 같은 날을

기다려왔다.'

드디어 화살 한 개가 오른쪽 연리의 살구를 날렸다. 연리도 세인처럼 아무런 표정이 없었다. 연리는 똑바로 세인만 바라보고 있었다. 세인이 다시 화살을 들었다. 그리고 곧바로 화살을 날렸다. 연리 왼쪽의 살구가 허공으로 날아갔다.

"와하!"

사람들의 탄성이 터져 나왔다.

하리의 뺨 위에 끝없이 눈물이 흘러내렸다.

마침내 이안은 조용히 눈을 감고 있었다.

"사랑하는 세인, 연리! 이제 나는 하늘나라 풀밭에서 편안하게 너희들을 기다릴 수 있게 되었다. 하늘나라 풀밭에서……."

세인과 연리가 이안에게 달려갔을 때는 이미 이안은 숨을 거둔 뒤였다.

세인과 연리가 동시에 외쳤다.

"어머니!"

"어머니!"

그리고 전설이 전설을 낳았다. 이야기가 이야기를 낳았다. 어머니, 이안을 초원에 묻어 두고, 세인과 연리는 동쪽으로 동쪽으로 차야이마를 몰았다. 항상 물이 있는 동쪽 땅을 찾아 나선 것이

다. 그리고 그 해 뜨는 나라, 흰 옷을 즐겨 입는, 동쪽 땅의 신이
되었다. 그곳의 해와 달, 그리고 수많은 별들의.

처음 이 작품을 시작할 때……

　　고답적인 한국만의 전래 신화, 전설, 민담 외에 우리 민족의 시원이라 여겨지는 바이칼 호수와 시베리아 전역을 무대로 하는 근원 신화를 써 보려고 하였습니다. 그러다가 2008년 79세의 나이로 세상을 떠난 키르키즈의 작가 천기즈 아이뜨마또프의 종착역의 눈보라가 떠올랐습니다. 우리의 어머니……. 더 오래전의 그 어머니들이 떠올랐습니다. 하여 그 어머니와 아들의 이야기를 쓰기로 하였습니다. 언제나 흰옷을 입고 활을 잘 쏘던 사람들, 새끼들을 위해서라면 섶을 지고 불속으로 뛰어 드는 것도 마다하지 않은 사람들, 그들의 눈처럼 맑은 이야기를 쓰고 싶었습니다. 모쪼록 이 한 편의 이야기가 여러분들의 가슴속에 두고두고 잊히지 않는 등불이 되었으면 합니다. 아울러 훗날 죽어 하늘나라 풀밭에 가서 존경하는 천기즈 선배님의 환한 얼굴을 보고 싶습니다.

2013년 여름 우봉규

하늘나라 풀밭으로

1판 1쇄 발행 2013년 06월 30일   **1판 3쇄 발행** 2015년 10월 12일

글쓴이 우봉규   **그린이** 양상용
캘리그라피 박미림

펴낸곳 (주)중앙출판사
주소 경기도 파주시 문발동 520-9 2층
펴낸이 이상호
편집책임 조지흔   **편집** 한라경   **디자인** 김영욱
마케팅 이홍철 김경연

등록 제406-2012-000034호(2011.7.12.)
구입 문의 031-955-5887   **편집 문의** 031-955-5888   **팩스** 031-955-5889
홈페이지 www.bookscent.co.kr   **이메일** master@bookscent.co.kr

ISBN 978-89-97357-34-5 44800
ISBN 978-89-97357-33-8 (세트)